COLLECTION PICARD

BIBLIOTHÈQUE D'ÉDUCATION NATIONALE

FRANÇAIS D'ALSACE

PAR

Marie GUERRIER DE HAUPT

OFFICIER D'ACADÉMIE

LAURÉAT DE L'ACADÉMIE FRANÇAISE

OUVRAGE ILLUSTRÉ DE VINGT ET UNE GRAVURES

PARIS

Librairie d'Éducation nationale

A. PICARD ET KAAN, ÉDITEURS

11, RUE SOUFFLOT, 11

(Propriété réservée)

BIBLIOTHÈQUE D'ÉDUCATION NATIONALE

FRANÇAIS D'ALSACE

6ᵉ Série.

Français d'Alsace.

COLLECTION PICARD

BIBLIOTHÈQUE D'ÉDUCATION NATIONALE

FRANÇAIS D'ALSACE

PAR

Marie GUERRIER DE HAUPT

OFFICIER D'ACADÉMIE
LAURÉAT DE L'ACADÉMIE FRANÇAISE

OUVRAGE ILLUSTRÉ DE VINGT ET UNE GRAVURES

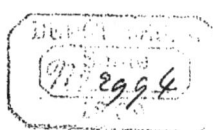

PARIS
Librairie d'Éducation nationale
A. PICARD ET KAAN, ÉDITEURS
11, RUE SOUFFLOT, 11

(Propriété réservée)

CHAPITRE Iᵉʳ

**La famille Muller. —
Une métairie en Al-
sace. — Bonheur mé-
rité.**

Il aurait été diffi-
cile de trouver une
habitation plus riante
que la petite ferme de Michel Muller, à Obernai, chef-
lieu de canton dans le département du Bas-Rhin.

On n'y trouvait aucune recherche, car le brave Alsacien n'était pas riche ; mais, à force de travail et d'éco-
nomie, il suffisait, par le produit de sa terre, aux be-

soins de sa femme, Louise, et de ses trois enfants, Fritz, Jean et Odile.

Tout le monde, dans le pays, estimait cette digne famille. Michel et son frère Joseph, de quelques années plus âgé que lui, avaient tous deux été soldats : Joseph, dans la ligne; Michel, dans un régiment de cuirassiers. Joseph, le premier, avait quitté l'armée, emportant les états de service les plus honorables. Il avait épousé la fille aînée d'un fermier aisé des environs de Mantes, à qui il avait succédé, après l'avoir, pendant assez longtemps, secondé dans ses travaux agricoles.

Michel, suivant l'exemple de son frère, avait aussi quitté le service militaire en laissant au régiment les meilleurs souvenirs, et il avait pris pour femme Louise, sœur cadette de la femme de Joseph. Du consentement de ce dernier, le nouveau ménage s'était installé à Obernai, berceau de la famille, dans la petite ferme laissée par les vieux parents Muller.

Les deux familles se voyaient rarement, car le voyage de Mantes à Obernai était coûteux. Mais on s'écrivait; on profitait de toutes les occasions pour s'envoyer mutuellement des nouvelles, ou d'affectueux souvenirs, par des voyageurs complaisants; et les années s'écoulaient sans que, de part et d'autre, on souffrît trop de la séparation.

Cependant, l'affection la plus profonde unissait tous les membres des deux familles.

Les trois enfants de Michel, les deux fils de Joseph, s'aimaient comme s'ils eussent été frères et sœurs.

Les deux frères se ressemblaient au moral comme au physique. Ni l'un ni l'autre n'avait ce qu'on est convenu d'appeler le type alsacien, — bien à tort, selon nous, car on y trouve, en Alsace, de nombreuses exceptions. —

Il était impossible de trouver une habitation plus riante.

Ils n'avaient pas les cheveux blonds, les yeux bleu-clair, la physionomie placide que l'on prête habituellement aux enfants de l'Alsace. Tous deux étaient bruns, et, sur leurs physionomies ouvertes et intelligentes, on lisait l'énergie, l'honnêteté, la franchise.

Joseph et Michel avaient également horreur de la bassesse et du mensonge; ils étaient également animés d'un ardent amour pour la France. L'honneur, la patrie, la famille, étaient, pour ces braves cœurs, des choses sacrées, pour lesquelles ils auraient, sans hésiter, sacrifié jusqu'à la dernière goutte de leur sang.

Ils avaient, naturellement, inspiré les mêmes sentiments à leurs enfants. Aussi, dans la belle ferme de Seine-et-Oise chez Joseph Muller, comme chez Michel, dans la modeste et riante métairie d'Alsace, il fallait entendre, aux jours de fête ou pendant les veillées d'hiver, le père de famille parler aux enfants des gloires de la France! Il fallait voir avec quel ardent intérêt ceux-ci l'écoutaient et le questionnaient, avec quel enthousiasme passionné toute la famille reprenait en chœur le refrain de quelque chant patriotique avant d'aller se livrer au repos!

Les deux fils de Joseph, — Jacques et André, — étaient plus âgés que les enfants de Michel. A l'époque où commence notre histoire, Jacques, âgé de vingt-deux ans, servait, comme l'avait jadis fait son père, dans un régiment d'infanterie, et André, de deux ans plus jeune, aidait Joseph dans ses travaux agricoles, tout en appelant de tous ses vœux le moment où il serait à son tour sous les drapeaux.

Fritz, l'aîné des enfants de Michel, avait seize ans. Il ressemblait à son père, et comme lui était brun; mais il promettait d'avoir plus tard la carrure athlétique du grand-père Muller. Quant à Jean, âgé de dix ans, et à la petite Odile, qui allait avoir six ans, ils ressemblaient tous deux à leur grand'mère paternelle: ils avaient les cheveux blonds, les yeux bleus, le teint blanc. L'un et l'autre, malgré leur jeunesse, partageaient les sentiments patriotiques de toute la famille. Rien n'était plus charmant que la petite Odile chantant, de sa voix claire, les chansons enseignées par Michel Muller, tout en vaquant avec sa mère aux soins du ménage dans la grande salle de la métairie.

Le soleil, entrant librement par une large baie où nul rideau ne lui faisait obstacle, mettait des reflets d'or aux blonds cheveux épars de la fillette, faisait chanter à plein gosier les oiseaux dont la cage était posée sur le bord de la fenêtre, et, ouvrant les corolles des chèvrefeuilles, des roses, des clématites qui entrelaçaient leurs rameaux pour tapisser l'extérieur de la métairie, envoyait les brises matinales en porter le doux parfum à ses heureux habitants.

Michel Muller, nous l'avons dit, était bien loin d'être riche. Cependant sa demeure, où l'on aurait vainement cherché la moindre trace de ce qu'on nomme le confort moderne, avait un aspect si coquet et si plaisant aux regards, que tout étranger y venant pour la première fois en faisait la remarque, sans même se rendre bien compte des motifs auxquels était due l'impression qu'il ressentait.

L'aisance semblait y régner; il s'en fallait de peu qu'on y trouvât de l'élégance. Au fait, ce qui y régnait surtout, c'était (grâce aux excellentes qualités de ménagère de Louise, la femme de Michel Muller) la plus scrupu-

leuse propreté. Le jour, l'air et le soleil inondant toutes
les chambres de la maisonnette n'auraient pas permis au
moindre grain de poussière de rester inaperçu. Mais
Louise ne tolérait pas la présence d'un grain de poussière ;
et Odile, quoique bien jeune encore, l'aidait autant que
ses forces le lui permettaient. Les vieux meubles laissés
par les grands parents étaient si soigneusement frottés
qu'on les aurait cru vernis. Leurs gonds et leurs serrures
brillaient comme de l'acier fin, tandis que les ustensiles
de cuisine, en fer ou en cuivre, étincelaient aux rayons
du soleil, comme s'ils eussent été en or ou en argent, et
que les assiettes, les saladiers à fleurs, rangés sur les
dressoirs, ajoutaient encore une note gaie à l'ensemble.

Tous les Muller aimaient les fleurs. Dans le jardin potager
des plates-bandes étaient réservées aux plantes d'agré-
ment, et, sur la table placée au milieu de la salle, on
voyait toujours, pendant la belle saison, un bouquet de
fleurs fraîches. Fritz, qui s'intitulait gaiement le jardi-
nier en chef de la métairie, passait la plus grande partie
de ses moments de loisir, le soir ou les jours de fête, à
bêcher la terre des plates-bandes, à déplanter et replanter
les pieds qui paraissaient dépérir, à tailler, à disposer
autour des fenêtres les plantes grimpantes tapissant les
murs de la maison.

Mais, ce qui, plus encore que la gentillesse de la métairie, charmait toutes les personnes admises chez les
Muller, c'était l'union régnant entre tous les membres de
la famille, la tendresse des parents pour leurs enfants,
l'affectueux respect des enfants pour leurs parents, et la
bonne humeur, la franche et cordiale gaieté, dont les
éclats, lorsque tous étaient réunis, arrivaient jusqu'aux

oreilles des gens passant sur la route située à peu de distance.

— Entendez-vous comme on rit chez les Muller?
disaient les bonnes femmes qui s'en allaient, portant leur
paquet de linge, pour laver à la rivière.

— En voilà qui ne se font pas de bile! répondait
quelque passant. Des gens heureux, on peut le dire!

— Et aussi de braves gens! ne manquait guère d'ajouter
un troisième interlocuteur. S'ils sont heureux, ils le mé-
ritent bien.

En vérité, ils étaient heureux! Aussi heureux qu'il est
possible de l'être! Étroitement unis par les liens d'une
affection sincère et dévouée, satisfaits de leur sort, et
n'ayant point, pour l'avenir, de ces ambitions déme-
surées qui empêchent d'apprécier les joies du présent;
estimés, respectés de tous ceux qui les connaissaient, ils
avaient réalisé ce rêve, que tant de gens prétendent
insensé, du bonheur ici-bas.

Est-ce à dire qu'à ce riant tableau il n'existait point
une seule ombre? Non, assurément! Les enfants, malgré
de très sérieuses qualités, avaient aussi des défauts, qui
obligeaient parfois le père de famille à user de sévérité à
leur égard. Fritz avait un caractère orgueilleux et domi-
nateur, souvent violent; Jean était malicieux, taquin, et
surtout doué d'une obstination peu commune. Lorsque
Fritz prétendait le contraindre à lui obéir, non seulement
il s'y refusait, mais il ripostait à ces velléités par des
espiègleries, dont le grand frère avait le tort de s'irriter,
au lieu d'en rire. La paix alors était momentanément
troublée. Michel Muller se fâchait pour tout de bon;
sa femme devenait triste; et la petite Odile, consternée,

courait de l'un à l'autre en les priant de « n'être plus méchants. »

Hâtons-nous d'ajouter que ces discordes regrettables étaient heureusement rares. Les deux garçons, en voyant le chagrin qu'ils causaient à leur famille si tendrement aimée, revenaient bientôt à de meilleurs sentiments : on s'embrassait, la sérénité reparaissait sur tous les visages, et la bonne humeur qui régnait de nouveau faisait involontairement songer à ces rayons de soleil qui, succédant à une pluie d'orage, acquièrent un charme de plus en se reflétant dans les milliers de gouttelettes encore suspendues aux vertes frondaisons rafraîchies par l'ondée.

Quant à Odile, enfant gâtée de toute la famille, elle devait à son heureux naturel, à son cœur excellent, de n'être pas devenue insupportable. Elle était cependant un peu volontaire, un peu capricieuse. A peu près certaine de voir toutes ses petites fantaisies satisfaites, tantôt par ses parents, tantôt par l'un ou l'autre de ses frères, elle ne se faisait pas faute d'en avoir.

Enfin, telle qu'elle était, avec ses qualités et ses défauts, la famille Muller était digne de l'estime que lui accordaient les habitants du pays ; et, s'il était bien vrai, comme on le disait, que la petite métairie d'Obernai abritait des gens heureux, on pouvait en effet, à aussi juste titre, ajouter que ce bonheur était mérité.

CHAPITRE II

**Menaces de guerre. — Grave résolution. — Discussion
de famille. — Vive la France!**

L'existence paisible et joyeuse menée par les possesseurs
de la petite métairie d'Obernai changea en 1870.

Les bruits de guerre qui circulaient depuis un certain
temps prenaient, de jour en jour, plus de consistance, et
la préoccupation des graves événements qui allaient sans
doute se produire dominait toutes les préoccupations
habituelles.

Nulle inquiétude, d'ailleurs; nulle appréhension!
Michel n'admettait pas la possibilité d'une défaite. S'il
déplorait, au point de vue humanitaire, la nécessité de
la guerre, l'ancien soldat, dans son ardeur patriotique,
croyant voir déjà nos armées triomphantes poursuivre
leur marche de l'autre côté du Rhin, s'exaltait à la pensée

des gloires qui, selon lui, ne pouvaient manquer de
s'ajouter à la liste, déjà si imposante, de nos gloires
nationales.

Les enfants, dans l'heureuse inexpérience de leur âge,
donnaient libre carrière à leur enthousiasme, et ressen-
taient une joie presque fiévreuse en songeant qu'il

Les bruits de guerre prenaient de jour en jour plus de consistance.

pourrait leur être donné d'assister réellement à une guerre
comme celles dont ils avaient tant de fois entendu le
récit.

Il n'était pas jusqu'à la petite Odile, qui, sans comprendre grand'chose à tout ce qui se disait autour d'elle,
ne se laissât gagner par l'enthousiasme général. Du matin

au soir, elle répétait les refrains patriotiques ou militaires que chantaient les garçons du pays. Elle s'essayait à costumer sa poupée en soldat, et confectionnait, avec des lambeaux d'étoffe bleue, blanche et rouge, de petits drapeaux qu'elle attachait aux fenêtres.

A Obernai, comme dans toute la France, on remarquait une animation extraordinaire. Des bandes de jeunes gens parcouraient le pays en chantant des airs patriotiques, et un grand nombre d'entre eux demandaient à s'engager, quoique la guerre ne fût pas encore déclarée. Les hommes se réunissaient chaque soir pour causer des affaires du pays ; les femmes oubliaient le soin de leur ménage pour colporter de maison en maison les nouvelles qu'elles pouvaient recueillir ; et les jeunes filles, en préparant leurs ajustements, avaient grand soin d'y faire dominer les trois couleurs du drapeau national.

Un soir, après le souper, pendant lequel il avait paru singulièrement préoccupé, Michel Muller dit soudain à sa femme :

— Si j'étais certain que nous aurons la guerre avec l'Allemagne, je demanderais à reprendre du service. Qu'en penses-tu, Louise ?

— Depuis qu'on a commencé à parler de guerre, j'ai toujours pensé que tu le ferais, répondit-elle simplement.

— Eh bien ! tu es une brave femme ! s'écria Michel. Je vois que je puis avoir confiance dans ton courage, et que tu sauras, en mon absence, mener comme il convient la maison et les enfants.

— Je suivrai votre exemple, mon père, dit Fritz d'un ton résolu.

Michel tressaillit. Mais, avant qu'il eût eu le temps de

répondre à son fils aîné. Jean s'était levé, très rouge, et, se dressant sur la pointe des pieds afin de paraître plus grand, disait à son tour :

— Moi aussi je partirai pour défendre la France contre les Prussiens !

— Et moi aussi ! cria Odile, courant précipitamment chercher deux petits drapeaux qu'elle se mit à agiter en chantant à tue-tête :

> En avant, marchons!
> Contre leurs canons !

Pour le coup Michel n'y tint plus. Il partit d'un grand éclat de rire, auquel sa femme se joignit, tandis que Jean, de plus en plus rouge, paraissait furieux, et que Fritz disait gravement :

— Mon père, ne confondez pas mes paroles avec les enfantillages des petits. Moi, j'ai l'âge de servir mon pays, et ce que je dis est sérieux.

— C'est ça ! répondit, en cessant de rire, Michel, maintenant remis du petit saisissement causé par la déclaration de Fritz. C'est ça ! partons tous, hein les enfants ? Et laissons la mère s'arranger toute seule comme elle pourra ? Vous ne l'aimez donc point, votre mère ? ajouta-t-il, s'adressant à Jean et à Odile, pour penser à l'abandonner au moment où le devoir me force déjà, moi, à la quitter ?

— C'est aussi mon devoir, puisque je suis capable de me battre, hasarda Fritz.

— C'est notre devoir ! reprit Jean comme un écho fidèle.

— Vas-tu te taire ! s'écria Fritz tout à fait fâché.

— Eh bien ! dit Odile, habituée à jouer le rôle de

médiatrice lorsqu'une querelle éclatait entre ses frères, eh bien! maman partira avec nous! Nous irons tous défendre le drapeau de la France! Et voilà!

Très animée, l'enfant agitait de plus belle ses petits drapeaux. Mais cette fois personne n'avait envie de rire. Fritz et Jean étaient de très mauvaise humeur. Quant au père, il réfléchissait et n'entendit même pas la boutade de la fillette.

Après un moment de silence, il dit, d'un ton d'autorité que les enfants connaissaient bien et qui n'admettait pas de réplique:

— Toi, Odile, va jouer avec ta poupée et ne mêle pas tes enfantillages aux choses importantes dont je veux parler à Fritz. Toi, Jean, écoute ce que j'ai à dire à ton frère; mais fais-moi le plaisir de te taire, et rappelle-toi que le premier devoir d'un garçon de dix ans tel que toi est d'obéir à son père.

Jean s'assit tout penaud sans oser répondre. Mais l'expression de ses yeux d'un bleu gris et de son visage aux joues rondes et fraîches, disait clairement qu'il était fort mécontent de n'être pas pris au sérieux.

— Maintenant, à toi, mon garçon, reprit Michel en se tournant vers Fritz. Tu vas avoir seize ans et tu serais, en effet, capable de faire un soldat. Mais, si tu le veux bien, nous allons causer en amis, et je ne doute pas, qu'après avoir un peu réfléchi, tu reconnaisses que tous deux nous ne pouvons utilement servir la Patrie. Moi, vois-tu, mon Fritz, je suis encore dans la force de l'âge; j'ai servi longtemps déjà; j'ai la pratique et l'expérience qui te manquent. Lequel de toi ou de moi crois-tu capable de rendre au pays le plus de services en temps de guerre?

2

— Vous, assurément, mon père, balbutia Fritz.

— Je le crois aussi, reprit Michel avec bonhomie. Eh bien, mon ami, il est impossible que nous partions tous les deux. Si tu partais, je devrais rester; et, pour te donner satisfaction, nous priverions notre pays d'un défenseur plus apte que toi. Quand la patrie est en danger, vois-tu, Fritz, il faut avant tout ne rien négliger pour la

Les maraudeurs profitent de toutes les occasions pour voler, piller, incendier.

sauver; et personne n'a le droit de songer à sa propre satisfaction.

— Mais, dit timidement Fritz, quelle nécessité y a-t-il que l'un de nous reste à Obernai? Notre mère, vous venez de le dire vous-même, est bien capable de mener la maison à elle toute seule.

— Assurément, fit Michel. Mais Obernai n'est pas loin de la frontière ; on y est par conséquent exposé à recevoir la visite des bandes de rôdeurs, de maraudeurs, de gens sans aveu qui, en temps de guerre, profitent de toutes les occasions pour voler, piller et parfois incendier. Malgré le courage de ta mère, une femme seule avec deux enfants n'inspire pas grande crainte à ces gens-là. Quand il y a un jeune homme dans la maison, c'est différent. J'ai donc compté sur toi, mon ami, pour protéger et défendre au besoin ta mère et les petits. Tu as du cœur, tu es dévoué et brave, quoique parfois imprudent, ce qui est un défaut de jeunesse. En te laissant ici, je partirai plus rassuré ; surtout si tu me promets de ne pas te laisser aller à des accès de violence, et d'écouter les conseils de ta mère. Je te le répète, j'ai compté sur toi ; je sais que je ne me suis pas trompé.

En disant ces mots, une émotion, qu'il ne put complètement maîtriser, altéra la voix de l'ancien soldat.

Fritz, le front appuyé sur sa main, demeura un instant pensif ; puis, relevant la tête et regardant son père bien en face, il dit gravement :

— Vous pouvez compter sur moi, mon père, je comprends qu'il y a plus d'une manière de faire son devoir ; je tâcherai de faire le mien en vous remplaçant ici de mon mieux pendant que vous défendrez le pays.

— Bien, mon ami, fit Michel, tendant avec effusion la main à son fils.

— Et moi ? demanda Jean d'un air piteux ; je ne suis donc bon à rien ? Je n'ai donc pas de devoir ?

— Pas de devoir ? Qui a dit cela ? s'écria le père de famille. A ton tour, écoute-moi, mon Jean, et tâche de

prouver que tu es capable de me comprendre. Ton devoir,
à toi, quand j'aurai quitté Obernai, — mais ton devoir
rigoureux, entends-tu bien, — sera de respecter ton frère
et de lui obéir comme tu m'obéirais à moi-même. Il sera
chargé de me remplacer; il sera, en mon absence, le chef
de la famille; ne l'oublie pas.

A ces mots, maître Jean fit une grimace prodigieuse.
La perspective d'être soumis à l'autorité du frère aîné,
avec lequel sa grande prétention était de vivre sur le pied
de la plus parfaite égalité, devait, en effet, lui être fort
désagréable.

Fritz devina aisément ce qui se passait dans l'esprit de
l'enfant, et, avec une gravité douce, qui impressionna
Jean d'autant plus vivement qu'il n'y était point habitué,
il lui dit :

— Ne crains pas, petit frère, que j'abuse, pour te con-
trarier, du pouvoir que notre père me donne sur toi. Le
temps de ces taquineries de gamin est passé. En m'efforçant de tenir la place de notre cher père pendant son
absence, je tâcherai d'être bon, indulgent et juste comme
il l'est lui-même.

Jean, malgré un penchant prononcé à l'entêtement,
avait un excellent cœur, et, en dépit de leurs petites que-
relles, il aimait tendrement Fritz.

— Et moi, frère, dit-il, je te promets, puisque père le
désire, de t'obéir et de te respecter comme je le ferais
pour lui-même.

En achevant ces mots il se jeta au cou de son frère, et
les deux garçons se tinrent un instant embrassés; ce que
voyant, Odile, de son côté, quitta sa poupée pour venir
se joindre à eux, en criant, triomphante :

— La victoire est à nous!

— Pas encore; mais espérons que ça viendra, dit gaiement Michel Muller. En attendant qu'on puisse crier : Victoire! il y a un cri qui sera toujours de saison tant qu'il y aura des Français sur terre.

— Lequel? lequel? demandèrent les deux petits.

— Oh! les nigauds! qui ne l'ont pas deviné! Voyez; Fritz ne le demande pas, lui! Il le connaît bien. Allons! mauvais conscrits! avancez à l'ordre! Avant d'aller vous coucher, répétez comme moi : Vive la France!

Et tous, père, mère et enfants, répétèrent en chœur :

— VIVE LA FRANCE!

CHAPITRE III

Désastres. — Le messager. — Adieux à l'Alsace.

Les hostilités étaient commencées. Michel Muller, incorporé dans l'armée commandée par le maréchal Mac-Mahon, avait quitté Obernai. A la métairie, tout avait repris, en apparence, son train habituel; mais la joie et la quiétude qui y régnaient autrefois avaient disparu avec le père de famille. Les habitants du pays recherchaient avec avidité les moindres nouvelles; on s'arrachait les journaux; on accueillait comme vrais les récits de vagabonds cherchant à exciter la curiosité pour se faire héberger gratis. Chaque jour circulaient des bruits de victoire, démentis le lendemain.

On croyait volontiers les nouvelles rassurantes; mais si quelqu'un apportait des détails inquiétants, nul ne voulait ajouter foi à ses paroles. Un peu plus et on l'aurait,

traité de mauvais patriote, on l'aurait soupçonné de sentiments anti-français.

Cependant, à plusieurs reprises déjà, des gens dignes
de foi avaient affirmé que des patrouilles de uhlans
avaient pénétré sur notre territoire, et que des reconnaissances allemandes avaient pu être faites sur un espace

Les habitants du pays recherchaient avec avidité les moindres nouvelles.

de quarante kilomètres de la frontière, sans être inquié-
tées.

Louise Muller dissimulait devant les enfants l'inquiétude qu'elle ressentait. Mais, quoiqu'elle n'entendît rien
aux choses de guerre, il lui semblait pourtant qu'il y
avait (comme elle le disait naïvement) du malheur dans
l'air; et elle ne pouvait se défendre de sombres pressen-
timents. On parlait d'un échec subi à Wissembourg par
le corps du général Douay; échec plus glorieux que bien

des victoires, puisque cinq mille Français y avaient soutenu le choc de quarante mille Allemands.

Au commencement du mois d'août, la fausse nouvelle d'une grande victoire, remportée, disait-on, par le maréchal Mac-Mahon, ranima tous les cœurs et causa un enthousiasme indescriptible. Mais, hélas! quelques heures plus tard, l'enthousiasme fit place à la plus profonde consternation, quand on apprit la déroute de l'armée du Rhin à Forbach et la retraite sur Sarreguemines!

A partir de ce moment ce ne furent plus que des désastres, et les tristes nouvelles se succédèrent presque sans interruption.

L'héroïque défaite de Frœschwiller, où Mac-Mahon opposa quarante mille hommes à cent quatorze mille Allemands, porta au comble les angoisses de la petite famille. Michel Muller avait-il pris part aux charges qui, en immortalisant les cuirassiers de Reichshoffen, avaient protégé la retraite de l'armée? Vivait-il encore? Était-il blessé? Prisonnier des Allemands peut-être?

Fritz se désespérait de son inaction. Sans la promesse qu'il avait faite à son père, sans la crainte d'entraîner par son exemple son jeune frère à quelque acte imprudent, il aurait insisté auprès de sa mère pour obtenir la permission d'aller à Strasbourg essayer d'avoir des nouvelles de Michel Muller.

Nul ne songeait plus à chanter ni à rire! Les fleurs, négligées, penchaient tristement leurs têtes; Louise s'occupait par habitude des soins du ménage, mais elle le faisait sans entrain, machinalement, et son esprit était ailleurs. Les garçons, mornes et silencieux, n'osaient exprimer tout haut leurs craintes, et la pauvre Odile,

qu'ils ne songeaient plus à amuser, berçait sa poupée
sans avoir le courage de chanter, comme jadis elle le
faisait sans cesse.

— Ah! ces Prussiens de malheur! si j'en voyais un,
c'est moi qui lui dirais son fait! grommela Jean, serrant
les poings avec colère.

Bataille de Frœschwiller.

— Ne souhaite pas d'en voir, dit tristement sa mère.
Peut-être en verrons-nous plus que nous ne le voudrons!

— Pas ici, toujours! intervint Fritz, regardant un fusil
accroché le long du mur. Le premier qui paraîtrait n'y
reviendrait jamais, j'en réponds!

— Oui, reprit-elle, s'il n'y en avait qu'un. Mais s'ils étaient dix, s'ils étaient cent, que pourrais-tu faire! Ne vois-tu pas qu'il en est toujours ainsi? Ils sont partout quatre, huit, dix contre un! et, si braves que soient les nôtres, il leur faut céder au nombre!

— Ou mourir! conclut Fritz, courbant la tête avec découragement.

— Peut-on entrer? demanda un homme, avançant la tête au-dessus de la demi-porte en bois qui, pendant le jour, semblait aux habitants de la métairie une fermeture suffisante.

Ceux-ci tressaillirent comme s'ils eussent vu apparaître le casque abhorré d'un uhlan; et la petite Odile, effrayée, courut se réfugier près de sa mère. Ce n'était cependant pas un Prussien. Mais le nouveau venu avait un aspect peu rassurant, et qui justifiait, jusqu'à un certain point, la fâcheuse impression produite par sa présence. La mine hâve et fatiguée, comme après une longue marche; mal vêtu, couvert de poussière, il avait plutôt l'air d'un bandit ou d'un maraudeur que d'un honnête homme.

— Qu'est-ce que vous demandez? fit rudement Fritz.

— Je voudrais parler à la femme de Michel Muller, répliqua l'inconnu.

D'un bond Louise fut debout, et, toute pâle, ouvrit la petite barrière.

— Vous venez de la part de mon mari? demanda-t-elle tremblante.

L'étranger fit de la tête un signe affirmatif.

— Il... il vit...? balbutia Louise, suffoquée par l'émotion, et n'osant exprimer la crainte terrible qui l'envahissait.

Les garçons s'étaient levés, très pâles, eux aussi.

— Mais oui, fit leur hôte ; ne vous effrayez pas. Il est sain et sauf, bien portant ; et je vous apporte une lettre de lui.

Une lettre du père! On allait donc enfin être rassuré sur son sort! Louise tendit vivement la main pour recevoir la bienheureuse missive, tout en demandant, saisie d'une appréhension nouvelle :

— Est-ce qu'il est... prisonnier ?

— Pas du tout! Mais, si ça ne vous gêne pas, je vais m'asseoir un moment, n'est-ce pas? car je tombe de fatigue.

— Asseyez-vous, dit-elle, se hâtant d'approcher un siège. Et vous allez manger un morceau, ajouta Louise. se reprochant de manquer aux devoirs de l'hospitalité envers l'homme qui lui apportait des nouvelles de son mari.

— Ma foi, ce n'est pas de refus, répliqua-t-il, en se laissant tomber plutôt qu'il ne s'assit sur le siège placé près de la table.

Malgré sa hâte de lire la lettre de Michel, la fermière allait se mettre en devoir de servir le voyageur. Mais déjà ses fils l'avaient devancée. Fritz courait à la cave, Jean au cellier ; sur la table, devant une assiette de faïence à fleurs et un verre brillant de propreté, la miche de pain bis, le pot de bière fraîche, le jambon, le fromage, semblaient, par leur mine appétissante. vouloir tenter l'appétit de l'étranger.

Ce dernier, d'ailleurs, ne se fit pas prier pour faire honneur au repas, et, à en juger d'après la façon dont il s'en acquitta, il devait être à peu près affamé.

Louise lut silencieusement la lettre, et, à mesure
qu'elle avançait dans sa lecture, les garçons, qui épiaient
anxieusement ses impressions sur ses traits, virent de
grosses larmes rouler lentement sur ses joues, tandis que
toute sa contenance exprimait une véritable consternation.

Un signe de leur mère leur fit comprendre qu'elle ne
pouvait, en présence d'un tiers, leur donner aucun dé-
tail.

— Le père est bien portant, dit-elle seulement. Il ne
lui est arrivé aucun mal.

Puis, s'asseyant près de la table où leur hôte mettait
les bouchées doubles, comme s'il eût voulu manger en
même temps pour la faim passée et pour celle à venir,
Louise lui dit, en affectant un calme que démentaient
sa pâleur et l'altération de sa voix :

— Quand avez-vous vu mon mari? Où était-il? Que
vous a-t-il dit en vous remettant sa lettre?

— Ma bonne dame, répondit l'inconnu, la bouche
pleine, voilà bien des questions, et je ne peux répondre
qu'à la dernière. J'ai vu votre mari il y a peu de jours.
Où? C'est ce que je ne dois dire ni à vous, ni à d'autres.
Il se prépare de grandes choses; mais, quoique je ne
paie pas de mine, je suis un honnête homme et un bon
Français, et il ne sera jamais dit qu'une indiscrétion de
ma part a pu amener quelque malheur. Quant à ce que
votre mari m'a dit, je ne demande pas mieux que de
vous le répéter, comme il m'en a d'ailleurs chargé. Il
m'a dit de vous engager à ne pas vous tourmenter à son
sujet, et d'insister surtout pour que vous fassiez sans un
instant de retard — ce sont ses expressions — ce qu'il

vous recommande dans sa lettre. Il a ajouté qu'il vous
aime tous, qu'il pense sans cesse à vous, qu'il espère
que, de votre côté, vous ne l'oubliez pas, et que ses fils
se rappellent les mots qu'il leur a recommandé de répéter pour soutenir leur courage dans les moments diffi-
ciles, les mots de : vive la France!

— Nous ne l'avons pas oublié, dirent presque ensemble les deux frères, saisis d'une indicible émotion.

— Moi non plus, fit Odile, s'approchant timidement.

L'homme lui sourit avec une singulière expression de
tristesse. Puis, comprenant sans doute que ses hôtes
étaient gênés par sa présence, il se hâta d'achever son
repas et prit congé d'eux.

— Eh bien! demandèrent les garçons à leur mère dès
qu'il fut parti; eh bien! qu'a écrit le père?

Elle ne répondit pas tout d'abord, incapable qu'elle
était de maîtriser le trouble et le chagrin qu'elle éprouvait à la pensée de ce qu'elle allait leur annoncer. Enfin,
faisant appel à tout son courage, elle dit :

— Le père est, en effet, sain et sauf. Les nouvelles qui
le concernent personnellement sont bonnes. Mais celles
de la guerre sont mauvaises; oh! bien mauvaises! Strasbourg est assiégé, et l'on dit que les Allemands sont
soixante mille, tandis que le général Uhrich n'a, pour
défendre la ville, que vingt-trois mille Français. Le père
ajoute que tout va mal; qu'on peut redouter les plus
grands malheurs; et que, au reçu de sa lettre, il faut, le
jour même, ou, au plus tard, le lendemain, partir pour
Mantes, afin, s'il en est temps encore, d'arriver chez
votre oncle avant que les routes ne soient coupées.

— Eh! qui pourrait couper les routes dans notre pays?
s'écria Jean.

— Qui? Les Prussiens, pardi! répondit son frère avec
indignation.

— Alors... nous allons quitter Obernai? reprit Jean,
qui ne pouvait croire à ce qu'il entendait. Et qui gardera
la maison en notre absence? qui la défendra si les Prussiens veulent la prendre?

— Ce que je sais, dit Louise Muller, c'est qu'il faut
obéir au père. Allons, enfants, à la besogne! Aidez-moi
à tout préparer! Demain matin, nous quitterons Obernai!

Et, mentalement, elle ajouta :

— Qui sait quand nous y reviendrons!

CHAPITRE IV

La ferme de Joseph Muller. — Francs-tireurs
· et Allemands.

Le mois d'octobre touchait à sa fin; le temps était sombre, et les jours, déjà très courts, commençaient à devenir froids. Denise, la femme de Joseph Muller, avait allumé un grand feu, qui éclairait la vaste salle de la ferme. Louise, tenant sur ses genoux la petite Odile, écoutait avec anxiété les bruits du dehors, tandis que Jean, debout près d'une fenêtre, s'efforçait, malgré l'obscurité, de distinguer ce qui se passait aux alentours.

La ferme, isolée dans la campagne, était située à une distance relativement assez grande de la ville de Mantes, occupée par les Allemands. Mais des uhlans faisaient de fréquentes reconnaissances dans le pays, où des bandes de francs-tireurs, composées de tous les hommes va-

lides qui ne faisaient point partie des troupes régulières,
les harcelaient sans cesse. De temps en temps, on entendait une détonation isolée, bientôt suivie d'une vive fusillade. Puis... plus rien pendant une demi-heure ou une
heure... Et soudain, dans la nuit, on voyait au loin des
flammes s'élever au milieu de tourbillons de fumée...

Les Prussiens faisaient de fréquentes reconnaissances dans le pays.

C'étaient les uhlans qui, pour venger leurs compagnons
tués par les francs-tireurs, incendiaient les habitations
occupées par des femmes et des enfants sans défense!

En ce moment, il n'y avait pas un homme à la ferme.
Les deux sœurs étaient seules avec Jean et Odile, et deux
servantes.

Joseph Muller, quoique d'un âge avancé, avait repris

du service : ses deux fils étaient déjà soldats au moment
où la guerre avait été déclarée. André servait dans le
corps commandé par le général Ducrot. Quant à ceux
des garçons de ferme qui n'étaient point au service, ils
disparaissaient, dès que le jour baissait, pour battre le
pays avec les francs-tireurs... et Fritz les accompagnait !

Ni les instances de sa mère et de sa tante, ni les prières
et les larmes d'Odile, que pourtant il aimait tendrement,
ne pouvaient le décider à rester à la ferme, sachant que,
à cent mètres de là peut-être, des Français, aux prises
avec l'ennemi, pouvaient avoir besoin de renfort.

Si Jean eût suivi son inspiration, il aurait imité Fritz.
Mais Odile, effrayée par les récits terrifiants qu'elle entendait sans cesse, et dont le souvenir hantait ses rêves
d'enfant, s'était suspendue à son cou en criant avec désespoir :

— Jean ! mon petit frère chéri ! ne nous quitte pas !
Qui est-ce qui nous défendra contre les méchants Allemands si tu t'en vas aussi ?

Jean avait pris sa petite sœur dans ses bras, et, l'embrassant tendrement, l'avait rassurée en promettant
qu'il ne l'abandonnerait jamais.

En effet, il avait, depuis lors, renoncé à toute velléité
de « jouer aux Allemands quelque tour de sa façon »,
comme il avait pris l'habitude de le dire dans sa pré-
somption enfantine. Il se considérait maintenant comme
le protecteur de sa mère, de sa sœur et de sa tante, et
cette idée le grandissait à ses propres yeux.

Aussi n'était-ce pas un sentiment de puérile curiosité
qui lui faisait examiner avec tant d'attention ce qui se
passait au dehors. Il lui avait semblé voir des ombres

3

se mouvoir dans les ténèbres. Or, les hommes de la
ferme étaient partis depuis trop peu de temps pour être
déjà de retour, et Fritz, qui devait venir souper, avait
prévenu sa mère qu'il serait sans doute en retard.

Tout à coup, le chien de garde aboya; puis, il se tut
brusquement, et le silence, un instant troublé par lui,
parut plus sinistre que jamais.

Jean regarda ses compagnes. Odile s'était endormie
sur les genoux de sa mère, qui, elle-même, sommeillait,
engourdie par la chaleur du feu. La tante Denise s'occupait à préparer le souper.

— Tante, lui dit Jean à demi-voix, j'ai eu tort de ne pas
vous écouter quand vous me disiez de prendre ma grosse
veste. Voilà le temps qui devient terriblement froid.

— Là! je savais bien! fit Denise. Monte donc la prendre, mon enfant. Le souper ne sera pas prêt avant une
demi-heure d'ici.

Déjà, Jean avait quitté la salle, et sa tante, persuadée
qu'il était allé changer de vêtement, ne s'inquiéta pas de
son absence.

Mais, au lieu de monter, comme elle le lui avait dit,
l'enfant s'était, avec des précautions infinies, glissé dans
la cour de la ferme; et là, se traînant sur les genoux,
contre la muraille, il était arrivé, sans bruit, près de
deux des ombres dont les mouvements l'avaient inquiété.

Ainsi qu'i l'avait supposé, c'étaient des Allemands.

Comment Médor, le chien de garde, les avait-il laissés
pénétrer dans la cour? Comment restait-il muet. maintenant, quand ces hommes parlaient à deux pas de sa
niche? Jean eut un frisson en pensant que, sans doute,

le fidèle gardien avait payé de sa vie l'aboiement furieux par lequel il avait essayé de donner l'éveil.

Mais une crainte plus terrible l'envahissait, et il s'approcha de façon à ne pas perdre une des paroles échangées entre les deux Allemands (des officiers, sans doute, à en juger d'après la façon dont ils s'exprimaient).

Jean eut bientôt compris ce dont il s'agissait. Les ennemis avaient su, par leurs espions, que la ferme de Joseph Muller donnait abri à des francs-tireurs. En conséquence, deux chefs, accompagnés seulement d'une demi-douzaine d'hommes, allaient s'y installer, afin de prendre au piège les premiers francs-tireurs qui s'y présenteraient, et une troupe plus considérable, embusquée à peu de distance, arriverait au premier signal.

Jean, prenant toujours les mêmes précautions, se hâta de rentrer dans la salle. Il était si pâle que sa tante poussa un cri en l'apercevant, et que sa mère, réveillée en sursaut, demanda avec angoisse ce qui se passait.

Il leur expliqua, en peu de mots, que des Allemands allaient venir demander à être logés et hébergés ; mais il ne leur dit rien de leur intention de tendre un piège aux francs-tireurs.

— Et Fritz qui va sans doute rentrer pour souper ! murmura Louise toute tremblante, en serrant plus fort contre son cœur la pauvre Odile, qui pleurait à la vue des physionomies effrayées de tous les siens.

— Ne craignez rien, mère, dit Jean avec un calme surprenant chez un garçon aussi jeune. Je m'arrangerai pour voir Fritz avant qu'il n'entre et pour le prévenir. Il faut seulement tâcher de paraître tranquilles pour ne pas leur donner de soupçons.

Le conseil était trop sage pour être dédaigné, quoiqu'il vînt d'un enfant. Les deux femmes le comprirent; mais, avant qu'elles eussent eu le temps de répondre, on frappa rudement à la porte.

Jean alla ouvrir, et un chef allemand, suivi de plusieurs hommes, entra en portant la main à son front pour saluer.

On frappa rudement à la porte.

— Nous venons loger ici, dit-il en assez bon français — car il ne soupçonnait pas que les habitants de cette partie de la France pussent comprendre l'allemand; — donnez à souper pour nous et pour nos hommes.

— Je suis en train de préparer à manger, répondit Denise, affectant un calme que démentait l'altération de sa voix; mais je ne comptais pas avoir tant de monde à souper. Il faut que j'ajoute quelque chose ; ce sera un peu plus long.

— Nous attendrons, fit l'officier, s'asseyant au coin de la cheminée, en face d'Odile et de sa mère. Petit, apporte-nous du vin.

Ceci s'adressait à Jean, dans le regard duquel s'alluma un éclair de colère, mais qui se contint pourtant, et sortit en disant :

— Je vais en chercher.

— Votre petite est malade ? demanda l'Allemand à Louise Muller.

— Un peu souffrante, répliqua celle-ci, s'efforçant, elle aussi, de dominer son trouble. Et puis, ajouta-t-elle en hésitant, elle est un peu effrayée en voyant tant de monde.

— Il ne faut pas avoir peur, ma petite, reprit son interlocuteur. J'aime beaucoup les enfants, et, quand vous me connaîtrez mieux, vous verrez que nous serons bons amis.

Tous les hommes s'étaient mis à fumer. Du nuage épais qui remplissait la salle s'échappait une odeur âcre, infecte, rappelant à la fois l'écurie et la tabagie, avec les exhalaisons de l'eau-de-vie absorbée par les fumeurs pendant la journée, et celles non moins rebutantes du cuir de leurs chaussures échauffé par la marche. Aussi, la voix rauque et enrouée de Jean, qui apportait du vin, ne surprit personne, pas même sa mère, qui, elle-même, se sentait à demi suffoquée par l'air empesté qu'elle respirait.

Seule, la tante Denise devina, à l'expression de la phy-

sionomie de l'enfant, qu'il était sous le coup de quelque
nouvelle et violente émotion.

En effet, si Jean avait mis plus de temps qu'il n'était
nécessaire pour aller chercher le vin, c'est qu'il avait
tout d'abord couru s'assurer que Fritz ne revenait pas.
Or, ses yeux perçants l'avaient découvert à une certaine
distance. Sans lui laisser le temps d'approcher davan-
tage, il s'était élancé à sa rencontre, et lui avait répété
la conversation tenue en allemand et surprise par lui.

— Nous nous en doutions, avait répondu Fritz. Ceci devait finir par arriver. Eh bien! tant mieux! avait-il ajouté
avec une sombre énergie. Ils seront pris au piège qu'ils
ont voulu nous tendre! Seulement, petit, il faut mettre la
famille en sûreté. Les Allemands n'ont point encore osé
aller à Meulan, et ils ne l'oseront sans doute pas à cause
de sa situation. C'est là qu'il faut aller. Laissez-les souper,
et, après, pendant qu'ils seront à boire et à fumer, faites
semblant d'aller vous coucher. Vous redescendrez en
passant par la porte du cellier, qui donne dans le potager; vous sortirez par la petite ruelle au bout du jardin, et vous marcherez le plus vite possible jusqu'au
bois, que vous traverserez pour arriver au bord de l'eau,
en face de Meulan, vers l'endroit où le pont est coupé. Je
serai là avec une barque; je vous passerai, et après...
après je serai tranquille.

Les moments étaient trop précieux pour en perdre en
vaines discussions. Jean, anxieux de ne pas faire manquer, par quelque maladresse, le plan de son frère, se
multipliait pour servir les hôtes importuns qui avaient
envahi la ferme. Il apportait des verres, des tranches de
pain et de jambon en attendant le souper, et, pendant

toutes ces allées et venues, trouvait moyen, par des phrases hachées, de révéler à la tante Denise le projet de fuite auquel son frère paraissait attacher la plus grande importance.

— Jean, dit très haut Denise, va prendre ta sœur sur tes genoux, et dis à ta mère de venir me donner un coup de main pour mettre le couvert.

Quelques instants plus tard, Louise Muller, prévenue à son tour, et plus tranquille en sachant que maintenant Fritz ne viendrait pas souper, prenait place à la même table que les ennemis, dont la présence abhorrée souillait le sol de sa patrie.

Elle essaya de faire manger Odile. Mais l'enfant, épouvantée par la présence de ces Allemands dont elle entendait depuis si longtemps tout le monde parler avec terreur, refusait toute nourriture. Sa mère et sa tante n'avaient pas faim non plus. Seul Jean, afin de prouver qu'il était un « homme » calme en face du danger, s'efforça de faire honneur au repas ; quoiqu'il eût le cœur serré par les plus terribles appréhensions, non seulement au sujet de la fuite préméditée, mais à cause des projets que Fritz lui avait en partie laissé deviner, et dont il s'était bien gardé de parler à sa mère et à sa tante.

Quand tout fut servi et qu'il n'y eut plus sur la table que des verres et un nombre respectable de bouteilles pleines de vin, Louise feignit de s'endormir de nouveau.

— Ma sœur tombe de sommeil, dit Denise à ses hôtes. Moi-même je me sens fatiguée, et, si vous n'avez plus besoin de rien, nous allons vous souhaiter le bonsoir.

— Mais parfaitement ! répondit celui des Allemands qui portait le plus souvent la parole. Allez vous reposer ;

dormez tranquilles, et ne vous dérangez pas si vous entendez du bruit; nous veillerons à votre place.

A cette plaisanterie, qu'il supposait incompréhensible pour les Français, il se mit à rire bruyamment, et ses compagnons l'imitèrent.

Louise et Denise n'attachèrent, en effet, aucune importance à ces paroles. Mais Jean, qui savait trop bien le sens menaçant qu'elles avaient pour les francs-tireurs, se sentit glacé jusqu'à la moelle des os.

CHAPITRE V

La fuite. — Odile malade. — Le panier de joujoux.

Odile, qui s'était endormie, fut posée sur le lit de sa mère ; puis les deux femmes réunirent en toute hâte les objets qu'elles tenaient le plus à emporter, et dont elles firent deux paquets peu volumineux, afin de ne point s'embarrasser de fardeaux qui auraient entravé leur fuite. Pendant ce temps, Jean était redescendu à pas de loup pour épier ce qui se passait dans la salle.

Les soldats continuaient de boire et de fumer, et, persuadés que nul ne pouvait les comprendre, s'entretenaient librement en allemand de l'accueil qu'ils comptaient faire aux francs-tireurs.

Les préparatifs de fuite étant terminés, les lumières éteintes afin de faire croire aux Prussiens que tout le monde dormait, Louise, portant Odile endormie, Denise portant les paquets, suivirent Jean, qui s'était chargé d'ouvrir et de refermer les portes sans bruit, tout en s'assurant qu'aucun de leurs terribles hôtes ne pouvait les voir.

Les Allemands ignoraient, heureusement, qu'une porte du cellier donnait accès dans le jardin potager et de là hors de l'enceinte de la ferme. Ils avaient placé des sentinelles dans la cour et sur la route ; mais l'issue indiquée par Fritz était restée libre.

Bientôt les fugitifs furent dans la campagne. Jean avait eu soin, comme le lui avait recommandé son frère, de refermer la porte du jardin et d'en prendre la clef. Le froid était vif ; un vent violent commençait à souffler, poussant les nuages, qui tantôt interceptaient la lumière de la lune, tantôt la laissaient briller de tout son éclat, ce qui permettait aux voyageurs de se guider plus sûrement, mais leur donnait en même temps la crainte d'être découverts.

Louise, épuisée de fatigue, céda enfin aux instances de Jean, qui voulait à son tour porter sa petite sœur. Mais le mouvement qu'elle fit éveilla l'enfant, qui, en se trouvant dehors par cette nuit froide et sombre, se mit à pleurer, criant qu'elle avait peur.

Ses cris devenaient un danger de plus, car ils pouvaient trahir la présence des fugitifs.

— Viens, petite sœur ! dit Jean, la prenant par la main pour la faire marcher près de lui. Ne dis rien ; nous allons rejoindre Fritz, qui nous attend dans un joli bateau !

Tout en parlant, il faisait marcher la petite, dont les dents claquaient de froid et de terreur. Il lui racontait des histoires ; il avait le courage de plaisanter, le pauvre garçon ! malgré l'inquiétude mortelle où il était pour tous ceux qu'il aimait !

Enfin, on entra dans le bois, où l'on était moins exposé à être découvert qu'en pleine campagne. Jean, pour que Denise, qui en connaissait tous les sentiers, pût les guider, alluma une petite lanterne dont il avait eu soin de se munir.

Mais les terreurs d'Odile redoublèrent. Elle tremblait de tous ses membres et n'avait plus la force de marcher. Il fallut que son frère, sa mère et sa tante la portassent tour à tour.

Quand ils arrivèrent au bord de la Seine, tous les trois, brisés par la fatigue et les émotions de cette terrible nuit, pouvaient à peine se traîner.

— Il n'est pas là ! murmura Louise avec angoisse. Il n'y a pas même de barque !

— Si, dit Jean ; il y en a une de l'autre côté, et il doit être dedans. Je vais siffler doucement pour l'avertir que nous sommes arrivés.

Cependant ils avaient été aperçus, car au même instant la barque s'avança, et bientôt Fritz, sautant sur la rive, embrassa sa mère et sa tante avec une effusion plus grande qu'à l'ordinaire.

— Venez vite, dit-il, en les aidant à embarquer.

Pas un mot ne fut échangé pendant la courte traversée. Mais lorsque les deux femmes eurent mis pied à terre, ainsi que Jean, portant dans ses bras Odile, qui pleurait tout bas, car elle avait si peur qu'elle n'osait plus crier, il leur demanda où elles comptaient trouver un abri à Meulan.

— Ne t'en tourmentes pas, répondit Denise ; je connais
de braves gens qui tiennent une auberge dans la grande
rue, et qui nous recevront à bras ouverts. Viens, mon
enfant.

— Non, dit Fritz, essayant de prendre un air insou-
ciant. Il faut que je retourne ; mais je viendrai vous voir...
demain... sans doute... ou... après demain, ajouta-t-il
avec effort.

— Tu ne vas pas retourner à la ferme, au moins ? fit
Louise, prise d'épouvante. Tu sais qu'*ils* y sont toujours ?

— Je le sais, dit Fritz ; et vous pouvez penser, mère,
que je ne les aime pas assez pour aller faire société avec
eux. As-tu fermé la porte du jardin ? demanda-t-il à son
frère, en se rapprochant de lui sans affectation.

— Oui, dit Jean, qui comprit et lui passa la clef sans
être vu.

— Allons, mère, soyez tranquille ; moi, je le suis en
vous sachant en sûreté, et ceci m'empêchera de faire des
imprudences.

De nouveau il embrassa sa mère, sa tante et Jean, qui
lui serra la main en murmurant :

— Frère, prends garde !

Fritz, à son tour, pressa fortement la main de l'enfant,
mais ne répondit pas.

— Et toi, Odile, tu ne me dis rien ? fit-il en embrassant
la petite, qui le regardait fixement sans paraître le reconnaître. Comme elle est brûlante ! ajouta-t-il en se tournant vers sa mère. Pourvu qu'elle ne tombe pas malade !
Il faudra la coucher le plus tôt possible. Allons !... au
revoir... à bientôt!

S'arrachant à l'étreinte de sa mère qui essayait de le

retenir, Fritz reprit sa place dans la barque et fut bientôt loin du bord.

— Allons ! répéta Jean, Fritz a raison, la petite est brûlante. Il faut nous dépêcher d'aller la coucher.

Ces mots rappelèrent à elle-même la pauvre Louise, qui ne pouvait s'arracher de l'endroit où son fils aîné venait de lui dire adieu. Elle posa la main sur le front d'Odile, et saisie tout à coup de l'idée que sa fillette aussi était menacée d'un danger, elle pressa Denise de la conduire à l'auberge dont celle-ci connaissait les maîtres.

C'étaient, en effet, de braves et honnêtes gens, à qui Joseph Muller avait eu parfois l'occasion de rendre de légers services, et qui lui en restaient reconnaissants. Ils accueillirent les fugitifs de la façon la plus cordiale. Un grand feu fut allumé dans la chambre qu'Odile devait occuper avec sa mère et sa tante; l'enfant, déshabillée, fut couchée dans un bon lit, et on lui fit prendre une boisson calmante, espérant que, après une nuit de paisible sommeil, elle serait tout à fait remise.

Mais cette attente fut déçue. La petite passa une nuit horrible, en proie à une fièvre de plus en plus violente. Bientôt le délire la prit. Elle ne reconnaissait aucune des personnes qui l'entouraient, et appelait sa mère en pleurant, quoique Louise ne la quittât pas un instant. Puis, dans les hallucinations causées par la fièvre, elle refaisait, en pensée, le voyage nocturne qui l'avait tant effrayée, et y mêlait les souvenirs d'Alsace, les récits qu'elle avait jadis entendu faire par les gens d'Obernai. Elle se voyait, avec son gentil costume alsacien, croyant courir toute seule dans les bois, parmi les rochers couverts de neige... Des loups la poursuivaient... elle les entendait hurler!...

Et la pauvre Odile, suffoquée par ces terreurs imaginaires, se taisait soudain... Sa bouche ouverte pour crier ne parvenait à proférer aucun son ! Repoussant sa mère qui essayait de la calmer, l'enfant se dressait, frémissante, les yeux hagards, les membres raidis, en proie à une épouvante qu'il était impossible de faire cesser, puisque les causes n'en existaient maintenant que dans son imagination.

Toute la journée du lendemain s'écoula sans qu'on pût noter la moindre amélioration dans l'état de la malade. Un médecin habitant Meulan, et appelé à donner son avis, déclara que tout l'organisme si délicat de l'enfant avait été ébranlé par une grande terreur et par des émotions trop violentes pour sa frêle constitution. Il ajouta que, le mal ayant pris sa source dans une cause morale, un traitement moral aurait plus de chances de succès que tous les médicaments. Il fallait essayer de la distraire, de l'amuser, de l'égayer ; s'efforcer, enfin, d'effacer de son souvenir les scènes qui l'avaient épouvantée.

Mais comment la distraire, dans cette triste chambre d'hôtel où l'on était confiné ? Les deux sœurs, inquiètes sur le sort de leurs maris, de leurs fils, chassées de leurs demeures et se demandant avec angoisse s'il leur resterait même un abri, ne cessaient guère de pleurer et de se lamenter. Jean, autrefois si jovial, et dont les espiègleries avaient le pouvoir d'égayer toute la famille, restait debout, sombre et préoccupé, au pied du lit de sa sœur ; gardant pour lui seul l'inquiétude poignante où il était sur le sort de Fritz, se demandant ce qui se passait à la ferme, et croyant toujours entendre au loin le bruit

Les loups la poursuivaient; elle les entendait hurler.

de la fusillade, à laquelle, peut-être, son frère était mêlé.

Ce fut lui, néanmoins, le brave enfant, qui entreprit de distraire Odile. Il lui chanta ses chansons les plus gaies, sans arriver à fixer son attention.

Toujours Odile répétait, le regardant fixement sans le voir :

— Les loups! Les loups! Ils me suivent!... Il fait nuit, il neige!... J'ai froid!... j'ai peur.

— Il neige! répéta Jean; j'ai froid!... j'ai peur aussi!

A ces mots, en rapport avec l'idée qui l'obsédait, la fillette se tourna vers son frère et parut l'écouter.

— Il neige! reprit encore Jean, encouragé par ce succès. Mais voici le soleil qui brille; les perce-neige montrent leurs jolies fleurs blanches. Bientôt les papillons voltigeront dans les champs et nous irons courir après eux, n'est-ce pas, ma petite Odile?

— Les... papillons? dit l'enfant plus calme, et regardant son frère comme si elle eût cherché à le reconnaître.

— Bientôt, poursuivit Jean, ce sera le 1er janvier, et je donnerai à ma petite sœur Odile une belle poupée; et maman et tante Denise lui donneront de jolis joujoux...

Il s'arrêta soudain, consterné par l'effet qu'avaient produit ses paroles.

Odile, tout à l'heure presque calme, s'agitait de nouveau, en criant avec désespoir :

— Ma pépée! mes joujoux!... Les Allemands ont tout pris! ma belle pépée!... Les loups l'ont mangée!... ils me suivent!... les voilà!...

Le délire était revenu, plus violent que jamais; et Jean

4

regrettait amèrement l'imprudence qu'il avait commise en parlant de poupée et de jouets.

En effet, Louise Muller, après avoir réuni dans un petit panier les jouets favoris d'Odile et sa poupée préférée, avait, dans la précipitation du départ, oublié ce panier; et Jean, après avoir réussi à réveiller l'intelligence de l'enfant, avait, malencontreusement, réveillé aussi en elle le souvenir des petits trésors qui lui étaient si précieux et dont elle se trouvait privée.

— Ma poupée! je veux ma poupée! je veux mes joujoux! répétait-elle avec colère, tandis que le feu de la fièvre empourprait ses joues, et que son frère se tordait les mains de désespoir.

— Écoute mignonne! lui dit-il en la contraignant doucement à se recoucher; je vais aller chercher ta poupée et tes joujoux. Mais il faut être sage, rester couchée tranquillement, et tâcher de dormir jusqu'à ce que je revienne.

De nouveau l'exaltation de la petite malade se calma.

— Quand iras-tu? demanda-t-elle.

— Tout de suite; sitôt que tu auras mis la tête sur l'oreiller et fermé les yeux pour tâcher de dormir.

— Et tu rapporteras aussi des papillons et de jolis perce-neige?

— Si j'en trouve, j'en rapporterai; mais, ce n'est pas sûr. Ce que je te promets, c'est de te rapporter ta poupée et tes joujoux... quand tu essayeras de dormir.

Odile sourit — pour la première fois depuis leur départ de la ferme — puis, tendant ses petits bras à son frère, elle effleura de ses lèvres brûlantes la joue de Jean, et, posant sa tête sur l'oreiller, ferma les yeux pour dormir.

— A la bonne heure! dit-il; ma petite Odile est tout à fait gentille. Aussi je pars tout de suite pour aller cher-cher ses joujoux.

Il sortit de la chambre et alla prendre son manteau et son bonnet fourré, car il faisait très froid.

Sa mère, qui avait assisté, silencieuse, à toute cette scène, le suivit:

— Où vas-tu? demanda-t-elle.

— Vous l'avez entendu, mère! je vais chercher le panier de joujoux que nous avons oublié.

— Tu ne retourneras pas à la ferme! je te le défends! fit-elle, se plaçant entre lui et la porte comme pour lui barrer le passage.

— Pourquoi donc, mère? dit Jean tranquillement. Quel danger puis-je courir en allant, en plein jour, chercher un panier de joujoux? Je n'attaque pas les Allemands, je suis un enfant; et, si même ils sont encore à la ferme, ce qui n'est pas sûr, ils ne feront pas attention à moi.

Puis, voyant sa mère hésiter, il ajouta:

— C'est la guérison d'Odile que je vais chercher. Elle sera si contente d'avoir ses joujoux qu'elle ne songera plus à sa frayeur de l'autre nuit. Et, vous le savez, le médecin a dit que c'est le seul moyen de la guérir.

— Mais... si on se bat?... S'il arrive quelque chose? reprit la pauvre mère à moitié vaincue. Tu vois bien que Fritz n'est pas revenu... malgré sa promesse.

— Il craignait peut-être d'être espionné. Moi aussi j'aimerais mieux revenir un peu plus tard que de mon-trer aux Prussiens le chemin pour venir ici.

— Comment passeras-tu la rivière?

— Un des garçons de l'auberge passera avec moi et

ramènera la barque de ce côté, dit Jean, qui avait réponse à tout.

Louise pleurait; mais elle avait cessé de barrer la porte. C'était un consentement tacite.

Jean le comprit ainsi. Il se jeta à son cou, en disant, avec une gaieté trop grande pour n'être pas affectée:

— A bientôt, mère! Tâchez de faire patienter Odile; je lui rapporterai ses joujoux, et à vous de bonnes nouvelles!

CHAPITRE VI

**Scènes d'horreur. — Les deux frères. — Les uhlans.
Jean prisonnier.**

En se trouvant seul, délivré de la nécessité de feindre, pour rassurer sa mère et sa tante, une tranquillité qu'il était bien loin d'éprouver, Jean ressentit d'abord une sorte de soulagement. Mais, dès qu'il fut sorti du bois, la consternation exprimée par les physionomies des gens qu'il rencontrait lui fit redouter de nouveaux malheurs, et il pressa le pas dans la direction de la ferme de son oncle.

— N'allez pas par là, petit, lui dit une femme. Il y fait mauvais.

— Pourquoi donc? demanda Jean, le cœur serré par une horrible angoisse. On n'entend pas un coup de fusil.

— Malheureux enfant! reprit la femme, baissant la

voix, quoique personne ne fût à portée de l'entendre, et regardant autour d'elle avec inquiétude. Vous ne savez donc pas ce qui se passe? *Ils* s'étaient installés là-bas, dans une ferme. Les francs-tireurs y ont pénétré, on ne sait comment, et ont tué ou blessé gravement un de leurs chefs. Alors, un détachement allemand embusqué tout près est arrivé, juste au moment où, après un enga-

Les Prusssiens s'étaient installés dans le pays.

gement du côté de Pacy, à ce qu'on m'a dit, un certain nombre des leurs se sauvaient, poursuivis par nos soldats.

Les nôtres, quoique moins nombreux, se sont battus comme des enragés, aidés par les francs-tireurs. Les Allemands, dans la ferme, tiraient sur eux en se tenant à l'abri. Le combat a duré hier jusqu'à la nuit ; la ferme n'est plus qu'une ruine. Les Français qui n'ont pas été tués sont prisonniers ; et maintenant *ils* enlèvent leurs morts.

Ils, dans le langage de la brave femme, signifiait : les Prussiens.

Les nôtres, quoique moins nombreux, se sont battus comme des enragés.

Jean, très pâle, l'avait écoutée, sans l'interrompre.

— Merci, dit-il enfin, de m'avoir prévenu.

Il continua sa marche, tandis que la paysanne rentrait chez elle en hochant tristement la tête.

Une pluie fine et glaciale commençait à tomber. Sur la route, défoncée pour empêcher la marche des troupes ennemies, le pied glissait à chaque pas en enfonçant

dans des fondrières. L'enfant continuait d'avancer sans
même sentir la pluie qui lui fouettait le visage. La ferme,
il le savait, c'était celle de son oncle ; les francs-tireurs,
c'étaient Fritz et ses compagnons. A tout prix il voulait
connaître le sort de son frère ; il voulait le revoir, mort
ou vivant!

La femme n'avait rien exagéré. Du plus loin qu'il put
apercevoir la ferme il vit qu'elle était en ruines. Les murailles démantelées, les portes et les fenêtres brisées
disaient clairement quel assaut elle avait subi.

Malgré la distance, le regard du garçonnet distinguait
les soldats aux casques pointus, enlevant les morts et les
blessés, sous les ordres d'un officier à casquette plate.
Il voyait, étendus sur le sol détrempé par l'eau que
teignaient çà et là de larges taches de sang, des corps
revêtus de l'uniforme français. Les uns immobiles et déjà
rigides. Les autres se tordant dans les convulsions de la
souffrance et de l'agonie; menaçant de leurs poings
fermés les Teutons impassibles, qui accomplissaient leur
lugubre besogne sans accorder plus d'attention aux
êtres humains qui mouraient à leurs pieds qu'aux armes
et aux débris d'équipement militaire éparpillés autour
des hommes tombés en combattant.

La plupart de ces derniers avaient les pieds nus. De
loin, Jean reconnaissait les officiers à leurs bottes.

Là, parmi ces malheureux, se trouvait peut-être son
frère?

Au mépris de toute prudence, Jean approcha encore.
Il vit alors, de l'autre côté de ce qui avait été la cour de
la ferme, un groupe de soldats français, sans armes,
presque tous blessés, qui à la tête, qui au bras ou à la

Les soldats enlevaient les morts et les blessés sous les ordres d'un officier.

jambe. C'étaient les prisonniers! La pensée que Fritz était là, et l'ardent désir de venir en aide à son frère rappela à Jean la nécessité de prendre des précautions pour ne pas être aperçu des Allemands.

Prenant un chemin de traverse qui devait le conduire à l'extrémité des terrains, maintenant dévastés, dépendant de la ferme, il s'apprêta à contourner le bâtiment en ruines, afin de se glisser parmi les décombres, tout près de l'endroit où se tenaient les prisonniers.

Il était à peine à la moitié de son parcours lorsqu'il lui sembla entendre son nom prononcé d'une voix faible. L'enfant s'arrêta pour écouter.

— Jean! répéta-t-on, plus faiblement encore.

La voix partait d'un champ situé en contre-bas du sentier, qui le dominait par une sorte de talus.

L'enfant courut. — C'était son frère! étendu contre le talus, le visage noirci par la fumée de la poudre, les mains ensanglantées.

— Toi! toi! murmura Jean agenouillé près de lui. Tu es blessé!

— Chut! dit Fritz, portant la main à son côté et parlant avec difficulté. C'est là, au côté. Je crois... qu'il faudrait un chirurgien... Mais... mais... je ne veux pas être *leur* prisonnier! J'ai pu venir jusqu'ici, mais... je suis à bout de forces! Si je pouvais gagner Poissy... il y a là des membres des ambulances internationales... on me soignerait... ou on m'enverrait dans une ambulance à Saint-Germain.

— Silence! murmura Jean, se cachant de son mieux derrière le talus; voici une charrette qui passe là-bas sur la route.

Fritz se souleva péniblement pour voir ce que c'était.

— C'est peut-être le salut! fit-il. C'est le père Michaud, qui mène, comme chaque jour, du fourrage à Saint-Germain. Il aime l'argent et préfère *leur* vendre sa marchandise que de la leur laisser prendre...

Il s'arrêta pour respirer, puis reprit avec effort:

— Mais... je ne le crois pas capable de me trahir. S'il veut me laisser cacher parmi ses bottes de fourrage, je suis sauvé! Cours le lui demander.

Jean s'assura que le charretier était seul et courut lui adresser sa requête, sans grand espoir de la voir accueillie.

A sa grande joie, le père Michaud consentit tout d'abord.

— Ça va, petit; dit-il rondement; et ça ne sera pas le premier à qui j'aurai rendu pareil service. On est Français avant tout, vois-tu, mon garçon. Et la preuve, c'est que la cachette est là, toute prête. Vois!

En parlant, il soulevait une des bottes et découvrait un espace vide, assez habilement ménagé pour qu'un blessé pût s'y étendre à l'aise sans que rien trahît sa présence.

— Je vais l'aider! fit Jean tout joyeux.

— Pas du tout; riposta carrément Michaud. C'est déjà trop d'être deux; à trois, nous serions sûrs d'être remarqués. Je m'arrangerai; sois tranquille. Si tu veux être bon à quelque chose, va-t-en flâner sur la route du côté où *ils* sont, et si tu en vois un ou deux venir par ici en éclaireurs, tâche de détourner leur attention, au risque de te faire trouer la peau par une de leurs balles.

Jean hésita l'espace d'une seconde. Il comprenait que Michaud avait raison, mais... il se méfiait de lui.

— Allons ! tu es encore là ? reprit l'homme. File vite, ou sinon je pars avec la charrette !

A cette menace, l'enfant, redoutant d'enlever à son frère cette unique chance de salut, s'éloigna, sans même oser envoyer à Fritz un regard d'adieu.

Tout en marchant vers la ferme, il prêtait l'oreille, se demandant si son frère aurait la force de se hisser dans la charrette, et faisant des vœux pour entendre celle-ci s'éloigner sans qu'il eût rencontré les éclaireurs redoutés.

Soudain, dans un sentier à gauche de la route, et y aboutissant du côté opposé à l'endroit où il avait laissé Fritz, il entendit les pas de deux chevaux et aperçut deux uhlans faisant une ronde.

Ils n'avaient évidemment aucun soupçon, car ils allaient tranquillement au pas et ne pouvaient, de la place où ils étaient, voir la charrette. Mais en arrivant sur la route ils l'apercevraient; et alors... Fritz serait perdu !

D'un bond, Jean fut dans le sentier, marchant bravement au-devant des deux cavaliers qu'il atteignit bientôt.

— Eh ! petit, où vas-tu ? demanda l'un d'eux en mauvais français.

Pour toute réponse, Jean étendit le bras vers l'extrémité du sentier d'où venaient les soldats.

— Est-ce que tu es muet ? demanda le second Allemand.

— Que non ! fit l'enfant d'un air niais. C'est gentil où je vais ! voyez plutôt !

Les soldats, tournant la tête, regardaient sans rien voir.

— Là, pas loin ! Tenez, à ce gros tronc d'arbre renversé ; voulez-vous que je vous montre ?

— Ia ! montre-nous !

Tournant bride, ils suivirent l'enfant jusqu'à l'endroit désigné, et s'arrêtèrent.

— Eh ! quoi ? demandèrent-ils.

— Pas celui-là ! fit Jean ; c'est l'autre, un peu plus loin ; voyez ! à côté de ce gros arbre debout, dont les branches descendent presque jusqu'à terre.

— Est-ce que tu te moques de nous ? grommela un des uhlans d'un ton menaçant.

— Oh ! s'il est possible ! dit Jean d'un air craintif. C'est là-bas, vous dis-je ; dans l'arbre qui est debout à côté du tronc renversé.

— Allons ! marche !

— Là ! c'est ici, et je vais vous montrer où je vais chaque jour quand je le peux ! fit le garçonnet, sautant lestement sur le tronc renversé, d'où il monta, en moins d'une seconde, parmi les branches dénudées de l'arbre resté debout.

De là il voyait, malgré la pluie, toute la campagne environnante. Il aperçut, à une assez grande distance déjà, la charrette de Michaud qui s'éloignait paisiblement. Un regard jeté vers l'endroit où il avait laissé Fritz le rassura tout à fait, car son frère n'y était plus.

— Là ! voyez-vous, dit-il aux Allemands, qui surveillaient avec défiance tous ses mouvements ; j'aime à venir ici ! C'est gentil, n'est-ce pas ? Je m'assieds là, sur cette grosse branche ; et, quand je suis bien à mon aise, je crie de toutes mes forces : Vive la France !

Un effroyable juron allemand s'échappa des lèvres d'un des hommes, et, tirant un pistolet, il ajusta l'enfant.

Son compagnon l'arrêta, disant en allemand :

— Ne tire pas ! je crois que c'est un idiot, et ça porte malheur de les tuer.

La main du uhlan s'abaissa ; mais il reprit, toujours soupçonneux :

— Idiot ou non, il faut l'emmener pour qu'il soit interrogé.

Jean, rayonnant de joie à la pensée que son frère serait sans doute sauvé, n'avait pas tremblé en voyant l'arme braquée sur lui. Mais, comprenant parfaitement les paroles échangées en allemand entre les deux soldats, il se promit de profiter de leur erreur.

— Allons ! descends ! dit rudement — en français cette fois — celui qui avait voulu le tuer, tu vas venir avec nous, et tu apprendras à crier vive la France !

— Est-ce que je n'ai pas bien crié ? fit Jean, jouant l'idiot. Faut-il crier encore ?

— Descends ! ou je tire ! cria l'homme furieux.

Jean se hâta de descendre, en donnant des signes d'une grande terreur, ce qui parut réjouir ses ennemis ; et, tranquille désormais sur le sort de Fritz, il marcha entre les deux chevaux jusqu'à la ferme, où la scène que nous avons décrite plus haut continuait, de plus en plus sinistre à mesure que le jour baissait.

Évitant de regarder du côté où les Français prisonniers étaient groupés, Jean suivit les uhlans dans ce qui avait été la grande salle de la ferme. Ce n'était plus maintenant qu'une sorte de hangar à demi démoli, avec des ouvertures béantes là où avaient été les fenêtres ; les murailles

trouées par les projectiles, les meubles brisés et souillés ;
à l'exception de la grande horloge en bois, chef-d'œuvre
de mécanique, et que les Allemands avaient soigneusement respectée. Des blessés étaient étendus sur des bottes
de paille. Assis près de la table, un officier prenait des
notes, en s'interrompant de temps en temps pour interroger un homme à visage patibulaire debout en face de lui.

— Qu'y a-t-il ? demanda-t-il aux uhlans qui amenaient
Jean.

L'un d'eux raconta comment ils avaient rencontré
l'enfant.

— D'où viens-tu ? demanda l'officier à ce dernier.

— De l'arbre, répondit Jean, riant niaisement.

— C'est un idiot ! fit l'Allemand, haussant les épaules.
Qui sont tes parents ?

— Les petits oiseaux, répliqua notre héros, continuant
à jouer son rôle.

— Je n'ai pas le temps de l'interroger maintenant, reprit l'officier. Nous verrons plus tard. Enfermez-le dans
une des chambres du haut.

On poussa le pauvre garçon vers l'escalier, et de là
dans la seule chambre qui eût encore une porte avec une
serrure. C'était précisément la pièce où avaient couché
Louise Muller et Odile.

Son unique fenêtre donnait sur le jardin, et non pas
sur la cour devant la ferme, et elle devait sans doute à
cette circonstance d'avoir moins souffert que les pièces
situées sur le devant. Cependant, les rideaux à demi-
brûlés, et les meubles noircis par le feu, prouvaient
qu'un commencement d'incendie avait eu lieu aussi de
ce côté.

— J'ai faim! dit Jean d'un ton dolent.

Celui des soldats qui s'était opposé à ce que son compagnon tirât sur lui, jeta à l'enfant un morceau de pain et une saucisse de haricots; puis il s'éloigna, fermant la porte à double tour.

Dès qu'il fut seul, Jean dévora avidement la misérable nourriture qu'on lui avait donnée, car il n'avait rien pris depuis le matin, et, en effet, il mourait de faim. Il put, heureusement, se désaltérer avec l'eau d'une carafe restée sur la cheminée; puis il examina cette chambre, qu'il connaissait si bien, et qui, maintenant, lui servait de prison.

Son plus ardent désir, on le devine, était de réussir à s'évader avant l'interrogatoire qu'on voulait lui faire subir. Sortir par la porte et par l'escalier était impossible. La fenêtre était trop élevée au-dessus du sol pour qu'il pût sauter en bas sans risquer de se blesser et sans que le bruit de sa chute le trahît. Il l'ouvrit cependant avec précaution, et, à la faible lueur du jour prêt à finir, il vit qu'un treillage en bois, destiné à supporter des plantes grimpantes, n'avait été qu'en partie détruit par l'incendie. Des morceaux assez grands demeuraient encore intacts; mais d'autres, à moitié calcinés, fléchiraient certainement sous le moindre poids. Pour une chance de salut, il y en avait cent de se casser le cou. Et puis, si même il touchait le sol sans accident, comment traverser le jardin sans être vu par les Allemands? Comment en sortir? La porte, dont il avait donné la clef à Fritz, devait être fermée. Il faudrait donc tenter d'escalader le mur?

La fuite de ce côté semblait à peu près impossible;

et pourtant c'était le seul moyen qui se présentait à l'esprit de Jean pour essayer d'échapper à ses ennemis. Tout en réfléchissant, il parcourait la chambre, examinant les moindres recoins, comme s'il eût espéré y découvrir une issue jusqu'alors ignorée. Soudain il tressaillit, et peu s'en fallut qu'il ne poussât une exclamation de surprise, en apercevant un panier, fermé par deux couvercles se soulevant de chaque côté de l'anse. C'était le panier de jouets, oublié par Louise le soir de leur fuite.

— Oh! petite sœusœur! murmura Jean tout ému; il faut trouver moyen de te rapporter tes jouets!

Il se mit en devoir d'assujettir les deux couvercles, de façon à fermer le panier assez hermétiquement pour que la pluie ne pût pas en gâter le contenu. Puis il fouilla fièvreusement dans ses poches, remplies de tous les menus objets que les gamins y mettent d'ordinaire : couteaux, billes, crayons, gomme élastique, etc. il y trouva enfin, avec une évidente satisfaction, une pelote de ficelle, et fixa l'une des extrémités de cette ficelle, assez forte, à l'anse du panier. Après quoi il prêta l'oreille pour tâcher de deviner ce qui se passait en bas.

Dehors régnait un silence sinistre. On n'entendait plus le piétinement des soldats dans la boue liquide, ni les gémissements des blessés. Les premiers avaient sans doute achevé leur tâche; quant aux autres, beaucoup d'entre eux avaient probablement cessé de souffrir!

En bas, dans la salle, on entendait des voix bruyantes, un cliquetis de verres et d'assiettes indiquant que les hommes valides prenaient leur repas.

Les Allemands se restauraient copieusement, arrosant

leur souper avec le contenu de la cave de Joseph Muller.
Nul ne songeait au pauvre enfant, prisonnier en haut,
sans feu, sans nourriture, grelottant de froid sous ses
vêtements trempés par la pluie, et qu'un verre du vin
appartenant à son oncle aurait singulièrement récon-
forté.

Le souper se prolongea très avant dans la soirée, et
les têtes, pourtant solides des Allemands, étaient fort
échauffées quand le mot « idiot » prononcé par quelqu'un rappela Jean au souvenir de l'officier qui devait
l'interroger.

La plupart des convives dormaient, les bras sur la
table et la tête sur leurs bras; d'autres fumaient silencieusement, suivant d'un regard vague les nuages de
fumée s'échappant de leurs pipes.

L'officier, que le sommeil commençait à gagner, or-
donna (en bâillant à démonter sa solide mâchoire) à un
soldat d'aller chercher le jeune prisonnier.

Le soldat, à moitié ivre, lui aussi, monta en trébuchant
et ouvrit la porte, toujours fermée à clef.

Mais il trouva la chambre vide; le gamin avait disparu.

CHAPITRE VII

**L'évasion. — Guérison d'Odile. — Nouvelles de Fritz
et de son oncle.**

Oui, l'héroïque enfant avait réussi à vaincre les obstacles qui s'opposaient à sa fuite. Après avoir, à l'aide de la ficelle qu'il y avait fixée, descendu, avec des précautions infinies, le panier de jouets destiné à Odile, il avait résolument enjambé l'appui de la fenêtre, et, s'accrochant au treillage, ne lâchant prise d'une main qu'après s'être assuré pour l'autre main un appui solide, il était heureusement arrivé en bas, sous la pluie battante qui dissimulait sa présence et effaçait la trace de ses pas. Il avait traversé le jardin, et trouvé la porte ouverte. . . . .

Dans le bois, par cette nuit si sombre, le pauvre petit s'égara. Il erra jusqu'à l'aube du jour, sans savoir où il était, grelottant de froid, affaibli par le manque de

nourriture, pouvant à peine se tenir debout ; mais préoccupé surtout de garantir avec le pan de son vêtement le
panier contenant les jouets d'Odile.

Quand le jour parut, il reconnut avec joie qu'il était
près de la lisière du bois, à peu de distance du fleuve.
Il courut vers la rive. La barque était de l'autre côté,
mais pas un être humain ne paraissait ; les deux rives
désertes avaient, sous la pluie, un air de tristesse et de
désolation bien en harmonie avec l'état pitoyable de
Jean.

Pendant deux mortelles heures, qui lui parurent deux
siècles, il attendit sans voir personne. Enfin un homme
accourut de l'autre côté, explorant du regard les environs. C'était le garçon d'auberge qui la veille avait passé
l'enfant.

— Ah ! pauvre petit ! s'écria-t-il en l'apercevant ; je suis
venu ici hier plus de vingt fois pour voir si tu arrivais !

Tout en parlant, il avait détaché la barque et se hâtait
vers Jean, qui, défaillant, tomba plutôt qu'il ne descen-
dit dans la petite embarcation.

Le malheureux enfant était à bout de forces, et, en
arrivant près de sa mère et de sa tante qui se mouraient
d'inquiétude, il perdit presque connaissance.

Il n'avait cependant pas lâché le panier, et, du fauteuil
où l'on s'était empressé de le faire asseoir, il le tendait à
Odile, que la fièvre avait repris la veille au soir, après
une journée plus calme, due à l'espoir donné par son
frère.

Pendant que Louise Muller débarrassait son fils de ses
vêtements mouillés et le mettait au lit, la tante Denise,
tirant du panier la poupée et les jouets tant désirés, les

présentait à Odile, qui, dans le délire de la fièvre, n'avait pas même reconnu Jean.

La petite saisit sa poupée avec un transport de joie. Mais l'émotion ressentie était sans doute trop forte, car, la fièvre et le délire augmentant, elle se mit à parler avec une volubilité effrayante.

Seulement, ses hallucinations avaient changé d'objet. Au lieu de se croire poursuivie par des loups affamés, elle s'imaginait voir le sol couvert de pervenches et de perce-neige; puis elle se voyait en Alsace, c'était la nouvelle année, la fête des enfants sages... De jolis bébés, avec des ailes de papillon, sortaient des bois, tenant à la main des rameaux de sapin d'un beau vert... Ils apportaient à Odile des poupées, des joujoux de toutes sortes!...

L'enfant, heureuse, riait aux éclats, appelant les jolis bébés aux ailes de papillon. Mais ses joues étaient rouges et brûlantes; ses yeux brillaient d'un éclat fiévreux; et les deux femmes, consternées, se demandaient avec angoisse si, en lui donnant ses jouets, elles n'avaient pas augmenté le mal. A l'autre bout de la chambre, Jean, couché et ayant pris une tasse de bouillon bien chaud, avait cessé de greloter. Lui aussi était brûlant de fièvre, et, tout en s'endormant d'un sommeil agité, il murmurait des mots sans suite, des phrases entrecoupées, qui portaient au comble l'angoisse de sa mère en lui apprenant très imparfaitement une partie de ce qui s'était passé.

Depuis la veille on savait à Meulan l'engagement qui avait eu lieu et le véritable assaut subi par la ferme de Joseph Muller. Aussi Louise ressentait-elle une impres-

De jolis bébés, avec des ailes de papillon, sortaient des bois.

sion poignante en entendant s'échapper des lèvres de
Jean des mots comme ceux-ci ;

— Fritz! tu es blessé! — Vive la France! — Je viens
d'un arbre. — Venez voir, c'est gentil; je vous mon-
trerai! — Oh! misérables! ils ont mis le feu! — Le treillage est brûlé. — J'ai faim! — Ne mouillons pas les
joujoux!

Tandis qu'elle écoutait avidement ces divagations,
le médecin qui avait vu Odile la veille entra dans la
chambre.

— Allons! fit-il après qu'on lui eut appris la cause qui
avait aggravé l'état d'Odile, allons! rassurez-vous! Ce
nouvel accès de fièvre, provenant d'une émotion joyeuse,
ne sera pas de longue durée, et dans peu de jours votre
fillette sera complètement rétablie.

— Quant à celui-ci, fit le docteur, après avoir examiné
Jean, qui ne s'aperçut même pas de sa présence, il est
épuisé de fatigue; mais c'est un garçon vigoureusement
constitué, et qu'un ou deux jours de repos suffiront à
remettre sur pied.

L'événement prouva la justesse de ces prévisions.
Odile, fatiguée par la violence même de sa fièvre, s'endormit bientôt, serrant sa poupée entre ses bras; et son
sommeil, d'abord agité, ne tarda pas à devenir paisible,
sa respiration calme et régulière. Jean aussi, quand la
surexcitation causée par l'excès de fatigue fut un peu
calmée, s'endormit profondément, sans plus répéter les
paroles qui effrayaient tant sa mère.

Celle-ci, tout en veillant sur les deux enfants endormis,
put enfin communiquer à Denise les craintes terribles
qu'elle éprouvait au sujet de Fritz.

Sa sœur s'efforçait de la rassurer, quoiqu'elle-même ne le fût guère, quand la patronne de l'auberge entra mystérieusement, apportant à Louise une lettre, qu'un homme, qui s'était éloigné en toute hâte, sans vouloir même se rafraîchir, venait d'apporter pour elle.

La lettre était de Fritz, et le père Michaud, après l'avoir conduit en lieu de sûreté, comme il l'avait promis, avait tenu aussi l'engagement pris envers le jeune homme, de faire parvenir sa lettre à sa mère.

Fritz, craignant sans doute que cette lettre n'arrivât pas à destination, donnait peu de détails sur la manière dont il était parvenu dans une des ambulances de Saint-Germain. Il avait, disait-il, reçu au côté une blessure assez grave; mais la balle avait pu être extraite, et sa guérison n'était plus, désormais, qu'une affaire de temps. Il était, d'ailleurs, admirablement soigné par les dames de la ville, qui, dans toutes les ambulances, rivalisaient de zèle et de dévouement pour venir en aide aux médecins et aux chirurgiens donnant leurs soins aux blessés.

Enfin, Fritz chargeait sa mère de préparer doucement la tante Denise à une grande joie. Il avait retrouvé à l'ambulance Joseph Muller, grièvement blessé à la bataille de Maule, mais maintenant hors de danger. Le jeune homme, sans s'expliquer nettement à ce propos, semblait inquiet au sujet de Jean. Il suppliait sa mère de tâcher de lui envoyer de leurs nouvelles, et, si elle le pouvait, de venir, avec la tante et les enfants, rejoindre son oncle et lui à Saint-Germain.

Cette lettre expliquait en partie ce que Jean avait dit de son frère; mais Louise attendait maintenant avec une vive impatience que son plus jeune fils fût en état de lui

donner des détails complets sur tout ce qui s'était passé.
Quant à Denise, en apprenant que son mari vivait et
qu'elle pourrait bientôt le voir, elle versa des larmes
de joie. Mais, en songeant qu'il avait été grièvement
blessé, et que peut-être le danger n'était pas aussi
complètement écarté que Fritz le prétendait pour la
rassurer, l'inquiétude la dominait de nouveau.

— C'est moi, dit-elle à sa sœur, qui porterai des
nouvelles à Fritz ; je vais partir pour Saint-Germain.

— Y penses-tu? répondit Louise ; tu serais arrêtée en
route par les Allemands! Attends un jour ou deux que les
enfants soient rétablis, et nous y irons tous ensemble.

— Non ! reprit Denise. Ma résolution est bien arrêtée.
Tu viendras me rejoindre dès que tu le pourras ; mais ici
je suis inutile. Ma place est à Saint-Germain, près de
mon mari et de mon neveu, à qui mes soins seront peut-
être nécessaires. D'ailleurs, je ne cours aucun danger ; *ils*
arrêteraient plutôt une troupe de plusieurs personnes
qu'une femme seule, portant un panier plein de beurre
et d'œufs, dont j'aurai soin de me munir.

— Écoute, fit Louise, comprenant que sa sœur avait
raison, et tremblant pourtant à la pensée de la voir
s'éloigner, la journée s'avance ; en partant maintenant,
tu n'arriverais à Saint-Germain que tard dans la soirée,
et l'on ne te laisserait pas entrer à l'ambulance. Il
vaudrait mieux partir demain au petit jour. Tu aurais
toute la journée pour faire le trajet, et peut-être les
enfants, après une bonne nuit, seraient-ils assez rétablis
pour que tu puisses en donner de meilleures nouvelles à
Fritz. Jean te dirait sans doute aussi comment il se fait
que son frère soit à Saint-Germain.

Il était plus de midi, et, la nuit venant de bonne heure en cette saison, Denise se rendit enfin aux sages conseils de sa sœur.

Elle eut lieu de s'en applaudir, car, vers le soir, Jean s'éveilla, déjà tout à fait remis et réclamant son souper. Il raconta en détails tout ce qui lui était arrivé, et, lorsqu'il parla de l'Allemand qui avait voulu tirer sur lui en l'entendant crier : Vive la France ! sa mère frissonna de terreur.

— Mon enfant ! mon fils ! dit-elle en le pressant contre son cœur, tu n'as pas oublié les paroles de ton père ! Comme il sera fier de toi, si...

Elle n'acheva pas d'exprimer la terrible pensée qui venait de lui traverser l'esprit, et se remit à questionner Jean sur l'état dans lequel il avait trouvé la ferme.

— C'est la ruine complète ! répétait Denise consternée. Que deviendrons-nous ? Que deviendront nos enfants ?

— Si, du moins, nous étions sûrs d'être un jour tous réunis sains et saufs ! répliqua Louise, à force de courage et d'énergie, nous arriverions peut-être à réparer en partie le tort qu'on nous a fait. Ce doit être de même à Obernai ; mais, si j'étais rassurée sur le sort de Michel, je m'estimerais encore heureuse.

A son tour, Odile s'éveilla, bien faible, mais sans fièvre : et ses premières paroles furent pour remercier son frère qui avait si bien tenu sa promesse.

Denise, tranquille désormais sur leur compte, fit ses préparatifs pour se rendre le lendemain à Saint-Germain, et il fut convenu que sa sœur irait l'y rejoindre dès que l'état des deux enfants le lui permettrait.

CHAPITRE VIII

L'ambulance. — Joseph Muller. — Le capitaine Durand.

Au bout de peu de jours, Jean, complètement remis, aurait pu entreprendre le voyage projeté. Mais Odile, quoique rétablie, était trop faible pour faire un aussi long trajet.

Depuis leur départ de l'Alsace, la fillette avait beaucoup changé. Elle avait grandi et maigri, et son doux visage, entouré d'une auréole de blonds cheveux, avait parfois une expression sérieuse et pensive, étrange chez une enfant si jeune. Elle reprenait, il est vrai, l'insouciante gaieté de son âge dès que Jean partageait ses jeux, ou lui chantait les chansons qu'elle aimait. Et le brave garçon, quoiqu'il partageât l'impatience que sa mère éprouvait d'aller rejoindre Denise, était si heureux de voir sa chère

petite sœur enfin guérie, qu'il se prêtait de tout son cœur
aux enfantines fantaisies d'Odile.

La maîtresse de l'auberge, voyant combien Louise
souffrait d'être forcée de retarder son départ, lui dit un
jour que le garçon qui avait été chercher Jean avec la
barque avait, à Poissy, un frère, cocher dans une grande
maison. Les maîtres de ce dernier avaient quitté leur
demeure, mais avaient laissé leurs chevaux et leurs
équipages à la garde du cocher, qu'ils savaient digne de
confiance. Cet homme, nommé François, prévenu par
son frère, leur faisait offrir, s'ils pouvaient seulement
gagner Poissy, de les conduire de là jusqu'à Saint-
Germain, dans une des voitures de ses maîtres.

— Il faut accepter ! s'écria Jean. Je porterai Odile
pendant une partie du chemin.

— Et puis, je peux marcher maintenant, fit la petite,
qui, avec la mobilité d'impressions de l'enfance, oubliait
tout pour ne songer qu'au plaisir d'aller de Poissy à
Saint-Germain dans une belle voiture.

Leur mère ne demandait pas mieux. On se mit donc en
route, par un temps très froid, mais sec, qui faisait la
marche un peu moins pénible sur la route, rendue à
dessein impraticable, défoncée en certains endroits,
barrée dans d'autres par des troncs d'arbres ; ou, ce qui
était pire encore, semée, à la lisière du bois, de véritables
pièges, habilement dissimulés sous de minces bran-
chages recouverts de feuilles mortes, qui, fléchissant
sous le poids d'un homme ou d'un cheval, l'exposaient à
se casser les jambes.

Les froids rayons d'un pâle soleil d'hiver rendaient un
peu moins lugubre le triste aspect de cette route dé-

vastée ; et Odile, ranimée par le grand air, ne consentit qu'à regret à laisser son frère la porter de temps en temps.

On arriva à Poissy dans les meilleures conditions. Les voyageurs prirent un léger repas pendant que François attelait la voiture dont il était autorisé à se servir ; puis l'on partit pour Saint-Germain, dans une confortable calèche, au trot de deux magnifiques chevaux bai-brun, pour qui pareil trajet n'était qu'une promenade salutaire. Grâce à cet heureux concours de circonstances, le jour était encore loin de sa fin quand Louise et les enfants se présentèrent à l'ambulance, où on leur permit d'entrer dès que Louise eut dit qu'elle était la mère de Fritz Muller.

Les blessés étaient nombreux à Saint-Germain, comme à Versailles, comme sur toutes les parties de notre territoire où avait sévi l'horrible fléau de la guerre.

Tandis que les hôpitaux regorgeaient des blessés prussiens, et des nombreux malades atteints de la fièvre typhoïde qui accompagnait partout leurs armées, le patriotisme et la charité privée des habitants s'ingéniaient à secourir les Français atteints par les balles ennemies.

La plupart des monuments publics, les salles de mairies ou d'écoles, les églises, les marchés étaient transformés en ambulances. Des lits y étaient dressés en nombre aussi considérable que le permettait la grandeur du local. La générosité publique avait fourni plus de literie et de linge qu'il n'en était besoin ; et les dames de la ville, devenues infirmières, secondaient, avec le plus admirable dévouement, les chirurgiens et les docteurs.

En pénétrant dans l'immense nef où elle allait re-

trouver son fils, Louise éprouva un instant de défail-
lance qui la contraignit de s'asseoir; et Denise, qui l'attendait de minute en minute, ayant été prévenue, accourut.

— Ils vont bien tous deux, répondit-elle à la muette
interrogation de sa sœur. Joseph est sur pied, et Fritz ne
tardera guère à y être aussi. Jean! va chercher ton oncle;
tu le trouveras là-bas, au fond, à gauche, près de son
capitaine qui a été apporté ici en même temps que lui,
au mois de septembre, après le combat de Maule. Eh
bien! où est-il donc?

Jean s'était éloigné dès qu'il avait vu sa tante auprès
de sa mère. Quelques instants plus tard, il revint, rayonnant.

— J'ai vu Fritz! dit-il. Il est bien, il vous attend!

— Ah! mauvais gamin! fit sa tante, le menaçant du
doigt; tu as tenu à le voir le premier! Eh bien! maintenant c'est à notre tour! Va dire à ton oncle Joseph qu'il
vienne nous rejoindre auprès de Fritz.

Et elle lui répéta les indications données précédem-
ment.

Quoique Fritz attendît sa mère et sa sœur, il ne put se
défendre d'une vive émotion en les revoyant. Louise
pleurait à chaudes larmes en embrassant son fils aîné
qu'elle avait craint un instant de ne plus revoir, et elle
contemplait tristement ses traits altérés par la souffrance.

Odile se jeta au cou de son frère, qui la retint pressée
contre son cœur, examinant, lui aussi, les changements
qui s'étaient opérés chez l'enfant.

— Ma petite Odile! ma pauvre petite sœur! répétait-il,

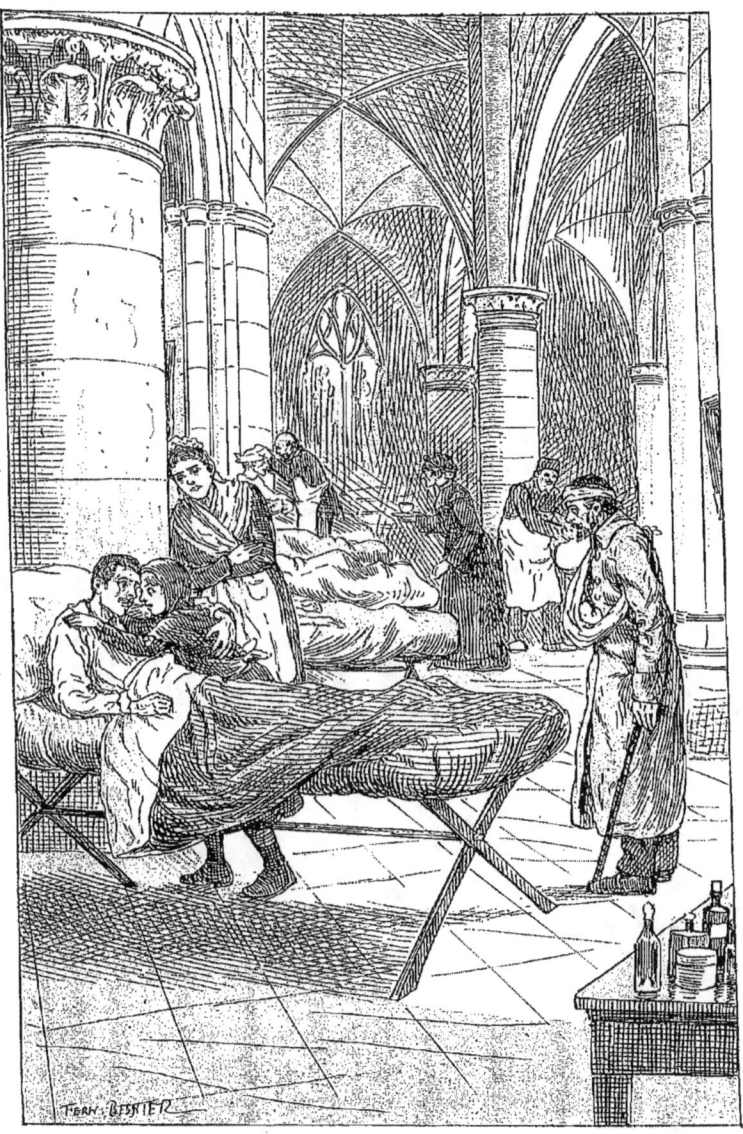

Odile se jeta au cou de son frère, qui la tint pressée contre son cœur.

tandis que de grosses larmes coulaient lentement sur ses joues amaigries.

— Allons! allons! fit une voix amicalement grondeuse, tâchons de nous calmer! Les émotions ne valent rien à ce garçon!

C'était l'oncle Joseph, qui, prévenu par Jean, venait voir sa belle-sœur et sa nièce.

Hélas! dans quel état! Blessé à la tête, au bras droit et à la jambe gauche, il avait été pendant longtemps entre la vie et la mort. La blessure de la tête et celle de la jambe étaient en bonne voie de guérison; mais son bras (quoiqu'on eût maintenant l'espoir de le lui conserver) donnait encore des inquiétudes. On avait cru, au début, l'amputation nécessaire, car des fragments d'os brisés restant dans la plaie faisaient redouter la gangrène. Mais Joseph s'était obstinément refusé à perdre son bras, disant qu'il aimait mieux mourir que de vivre infirme et incapable de travailler.

Maintenant, le bras aussi allait mieux; cependant, sur le visage énergique de l'aîné des Muller, on voyait la trace des horribles souffrances qu'il avait endurées.

Après les premiers moments d'effusion, on s'assit près du lit de Fritz pour attendre Denise, que le capitaine Durand avait fait prier de venir lui parler, et que Jean avait accompagnée.

— Un digne homme! et un brave soldat que mon capitaine! dit Joseph. Il avait été laissé pour mort quand un ambulancier s'est aperçu qu'il respirait encore. Ah! on peut dire qu'il a payé de sa personne, celui-là!

— Et toi aussi, Joseph, remarqua Louise, désignant,

d'un regard attendri, les glorieuses blessures de son
beau-frère.

— Bast! fit-il; combien d'autres ont fait plus que moi!
Au fait, chacun a fait son devoir de son mieux; seulement
ces coquins sont partout trois, cinq, jusqu'à dix contre
un! Ce n'est point à leur bravoure qu'ils doivent leurs
succès, c'est à leur nombre! Le beau mérite! Lâchez dix

Le capitaine avait été laissé pour mort, quand un ambulancier s'aperçut qu'il
respirait encore.

poltrons contre un homme de cœur, et ils finiront par
l'écraser, non sans en recevoir, malgré tout, assez de
horions pour se souvenir de lui!

— Voyez! ajouta Joseph qui s'animait en parlant,
quand, par extraordinaire, ils ne sont que deux contre un,
comme ils défilent vite au pas accéléré! Et ce qui leur
donne une belle peur, par exemple, c'est l'arme blanche!

Ah! là je réponds qu'ils ne sont point à leur affaire et
que la panique leur délie les jambes!

— Tes fils aussi sont de braves garçons, dignes du nom
de Muller, et tu peux être fière d'eux! ajouta-t-il.

— Fritz avait pourtant bien promis à son père qu'il ne
se battrait pas! dit Louise tristement.

— J'avais promis de rester près de vous, à Obernai, et
j'ai tenu ma promesse, répliqua le jeune homme. Mais
une fois ici, au milieu de ces troupes ennemies, voyant
les garçons qui ne servaient point dans l'armée faire de
leur mieux pour concourir à la défense du pays, pou-
vais-je rester inactif? Dites, mon oncle, était-ce possible?

— Non certes! et je t'approuve de toutes mes forces,
mon cher garçon, comme j'approuve et j'admire ton
petit frère Jean, allant crânement crier : vive la France!
à la barbe des Allemands.

— Chut! le voici, dit Louise.

Jean revenait, ainsi que sa tante, après une conférence
assez longue avec le capitaine, que ses blessures rete-
naient encore au lit.

— Que te voulait-il donc? demanda curieusement
Joseph à sa femme.

— Il voulait savoir où Louise compte aller avec les enfants.

— Mais, répondit celle-ci, assez étonnée, je tâcherai de
trouver à nous loger dans quelque auberge. Est-ce qu'il
est déjà l'heure de partir?

— Non, pas encore, dit sa sœur. Le capitaine a parlé de
toi au chirurgien en chef et à plusieurs des dames infirmières, comme il avait parlé de moi-même à mon arrivée
ici. On manque de monde pour soigner les blessés, plus

nombreux chaque jour, et on te propose de rester,
comme moi, en qualité d'infirmière. Tu ne nous quitte-
rais pas, tu aurais un abri sûr et le pain de chaque jour
assuré pour le moment.

— Je ne demande pas mieux, répliqua vivement
Louise. Mais les enfants?

— On tendra un lit pour Odile dans une petite pièce ici
à côté, où les dames qui viennent du dehors mettent
leurs vêtements.

— Et moi, déclara Jean, j'irai à Versailles pour tâcher
d'avoir des nouvelles de mon père et de mes cousins.

— Tu déraisonnes, mon petit! dit Louise Muller,
tandis que l'oncle haussait les épaules.

— Pas tant que vous le croyez, intervint sérieusement Denise. Que fera-t-il ici, cet enfant? Rien qui
vaille, peut-être. Le capitaine, qui l'a pris tout de suite
en amitié, lui a dit que, à Versailles, où est l'état-major
prussien, il aurait peut-être quelque chance, avec sa
connaissance de la langue allemande, de se renseigner,
sinon sur le sort de Michel et de nos enfants, du moins
sur les corps dont ils font partie.

— Mais comment vivrait-il à Versailles? Et puis, il fe-
rait des imprudences! Non! non! je ne veux pas! murmura la pauvre mère éplorée, tandis que Fritz, sans rien
dire, serrait avec effusion la main de son jeune frère.

— Si tu ne veux pas, il n'ira pas, reprit Denise. Mais
le capitaine croit que Jean serait assez avisé pour ne pas
faire d'imprudences, maintenant, surtout, qu'il a vu les
Prussiens de près et sait ce dont ils sont capables. Il a
confiance dans le bon sens de ton garçon; il lui don-
nerait une lettre pour un de ses amis intimes, qui ha-

bite Versailles, et qui est un des meilleurs clients de l'hôtel des Réservoirs. Avec cette recommandation, on l'occuperait sûrement à l'hôtel, et il y serait plus en sûreté que partout ailleurs, car les officiers supérieurs allemands, qui ont des repas et des banquets, se garderaient bien de tourmenter l'hôte chez qui ils trouvent de bonne cuisine et du champagne tant qu'ils en veulent.

— Le fait est, dit Joseph Muller en réfléchissant, que ce serait peut-être le parti le plus sage. Si le petit est prudent, il n'aura pas là, je crois, de grands risques à courir.

— Et, ajouta Denise, qui sait si nous n'apprendrions pas ainsi des nouvelles rassurantes? Ou... si nos fils, si ton mari ont besoin de nous?... fit-elle en hésitant... peut-être pourrions-nous leur venir en aide?

— Il est encore si jeune! murmura Louise, regardant alternativement tous ceux qui l'entouraient, comme si elle eût voulu leur demander grâce pour le dernier-né de ses fils.

— Ah! si je pouvais y aller à sa place! dit Fritz avec un soupir de regret, je ne le laisserais point partir!

— Ni moi! fit l'oncle. Mais, mon brave Jean, tu es maintenant le seul valide. Dans des temps comme ceux-ci, vois-tu, les années comptent double, et les enfants sont traités comme des hommes. Te sens-tu capable d'agir avec la raison et la prudence d'un homme? En un mot, réponds-tu de toi?

— J'en réponds, mon oncle! répondit Jean, dont les yeux bleus étincelèrent, et dont la physionomie, un peu pouponne, prit soudain une expression de gravité presque solennelle.

— Mais, est-ce qu'il va partir aujourd'hui? balbutia Louise.

— Non, dit sa sœur! Il lui faut le repos d'une bonne nuit, et je me charge de lui trouver un lit. Et puis, il faut que le capitaine ait le temps de préparer sa lettre pour son ami, et de donner au petit des instructions sur la manière dont il devra se conduire là-bas.

— Ne pleure pas, fit Jean embrassant sa mère. Je viendrai vous voir souvent. Versailles n'est pas si loin de Saint-Germain.

— D'autant plus, observa son oncle, que le service de la voiture qui fait ce trajet chaque jour n'a pas été interrompu. Allons, Louise, courage! Viens; je vais te présenter au capitaine Durand, qui saura mieux que moi te rassurer. Viens aussi, ma petite Odile; il aime beaucoup les enfants et sera certainement content de te voir.

CHAPITRE IX

L'hôtel des Réservoirs. — Grave découverte.

Grâce à la recommandation de l'ami du capitaine Durand, Jean Muller fut, sans difficulté, admis à l'hôtel des Réservoirs pour aider au service, que les tristes événements de la guerre et la présence à Versailles de l'état-major prussien augmentaient considérablement.

Non seulement, comme l'avait dit le capitaine, les Allemands s'y réunissaient souvent, mais c'était là aussi le lieu de rendez-vous de beaucoup de Français, amenés à Versailles par les circonstances. La société des Ambulances internationales y avait ses bureaux et y tenait ses réunions dans une salle du rez-de-chaussée. Les diplomates de différentes nations, qui essayaient d'entamer des pourparlers pour mettre fin à cette guerre désastreuse, se trouvaient aussi à Versailles, et, naturellement, étaient les habitués de l'hôtel des Réservoirs.

Jean, quoiqu'il fût profondément pénétré de la gravité des circonstances et de l'importance de la mission qu'il avait à remplir, était, néanmoins, trop enfant encore pour ne pas éprouver un vif sentiment de curiosité à l'égard de tant de personnages, dont les noms devaient rester inscrits dans l'histoire européenne. Ce qu'il voyait à Versailles ne ressemblait, d'ailleurs, à rien de ce qu'il avait imaginé d'après les récits de guerre que lui avait tant de fois fait Michel Muller.

Jean comprenait les batailles, les combats, la lutte! Ce qu'il avait vu à la ferme l'avait frappé d'horreur, mais point étonné; c'était bien là la guerre, avec ses scènes épouvantables. Quant à l'occupation du sol natal par une armée ennemie, cette idée ne lui était jamais venue! Il voyait les Allemands aller et venir dans les rues de Versailles comme chez eux; entrer dans les cafés, les restaurants, chez les marchands de toutes sortes, parler aux habitants, et ceux-ci leur répondre, le plus souvent avec une déférence craintive.

Alors Jean serrait les poings avec indignation; il se sauvait dans quelque coin, où nul ne pouvait le voir, et donnait libre cours à sa colère, tandis que des larmes de rage s'échappaient de ses yeux. Quand il entendait le son aigrelet des fifres de la musique militaire allemande, il lui prenait des envies folles de crier à tue-tête sur le passage du cortège royal: Vive la France!

Mais il se contenait, comprenant qu'une imprudence de sa part anéantirait tout l'espoir que sa famille avait mis en lui pour avoir des nouvelles des chers absents.

Il ne tarda pas à apprendre, en effet, une chose importante, mais que sa mère et son oncle ignoraient encore,
c'était que le corps d'armée du général Ducrot, dans
lequel servait André, le plus jeune fils de Joseph Muller,
avait pu échapper aux Prussiens, et était rentré dans
Paris depuis le 15 septembre.

Il voyait les Allemands aller et venir comme chez eux.

Quant à Michel Muller, il avait dû partager le sort de
l'armée de Mac-Mahon, concentrée sous les murs de
Sedan; et Jacques, qui était à Metz, avec le maréchal
Bazaine, devait être, — s'il vivait encore! — prisonnier
en Allemagne.

Sur ce sujet, nul Français ne pouvait renseigner Jean.
Or, essayer de lier connaissance avec quelque serviteur

allemand aurait été un sacrifice au-dessus des forces de
notre héros.

Il évitait d'ailleurs soigneusement de laisser deviner
qu'il comprenait l'allemand. Mais les officiers prussiens
se tenaient sur leurs gardes ; et, même en cette langue,
ne parlaient, devant les serviteurs français, que de
choses sans importance.

Une seule fois, il arriva que l'enfant entendit une chose
grave ; si grave qu'il n'en fit confidence à personne, et
résolut d'agir seul.

On l'avait envoyé allumer le feu dans la chambre où
un officier allemand, encore au lit, prenait le café au lait
avec un de ses amis qui était venu le voir dès le matin.

Les deux hommes, très absorbés par leur conversation,
et n'attachant sans doute pas d'importance à la présence
d'un gamin tel que Jean, continuèrent à s'entretenir
devant lui.

Or, en les écoutant, le petit trembla si fort qu'il se brûla
cruellement les mains. Mais son émotion était si poignante qu'il s'en aperçut à peine.

— Ce sera au pont de Sèvres, comme à l'ordinaire ?
disait un des deux interlocuteurs.

— Oui, vendredi prochain, — demain — à onze heures
du soir. Il a promis de compléter les renseignements
insuffisants donnés la semaine dernière ; et, une fois
certains des sorties projetées, nous pourrons agir à coup
sûr.

Ils continuèrent, en se félicitant du zèle et du dévouement de l'homme chargé de rencontrer le porteur de ces
messages si précieux pour eux.

— Celui-là, pensait Jean, doit être un Allemand. Mais

l'autre? Oh! non, il n'est pas possible que ce soit un
Français! C'est sans doute aussi quelque Allemand qui a
trouvé moyen de rester dans Paris!

Très agité par le secret qu'il avait surpris, l'enfant pria
le patron de l'hôtel de lui permettre d'aller à Saint-
Germain. Il trouva son frère levé, mais marchant avec
une extrême difficulté. Joseph Muller reprenait des
forces, mais son bras n'était pas encore guéri. Odile
s'était fait aimer de toutes les dames infirmières et se
rendait utile de bien des façons. Elle préparait de la
charpie, roulait des bandes de toile, amusait par ses
bavardages naïfs les convalescents, qui l'appelaient la
petite infirmière.

— Fritz, dit Jean à son frère, dès qu'il put lui parler
sans témoins, as-tu des armes ici?

— J'ai une paire de pistolets que j'avais sur moi au
moment où je me suis sauvé dans le champ pour ne pas
tomber entre leurs mains, répondit Fritz, étonné.

— Prête-m'en un.

— A toi? Et pourquoi faire?

— Pas pour un mauvais usage, dit Jean, rougissant
beaucoup. Mais... je puis avoir besoin de me défendre.
Frère, je t'en prie, ne me refuse pas. Et... n'en parle à
personne.

— Tu m'inquiètes, Jean, reprit le frère aîné. Si je te fais
arriver malheur en cédant à ta prière?...

— Non! fit Jean avec énergie, c'est au contraire en me
refusant que tu me feras arriver malheur, puisque je ne
pourrai pas me défendre!

— Tu ne sauras pas t'en servir.

— Allons donc! Tu sais bien que quand le père nous

faisait tirer, à Obernai, j'allais au but plus souvent que toi !

— Mais pourquoi ne pas m'avouer ce que tu en veux faire ?

— Impossible ! fit Jean gravement. J'aime mieux m'en passer ; mais alors...

Il n'acheva pas, et sa réticence habile impressionna Fritz plus que de longs discours, car il lui donna le pistolet et des munitions.

CHAPITRE X

La pont de Sèvres. — Le bombardement. — Le 1er janvier. — Henri Durand.

La journée du lendemain parut à notre héros d'une longueur mortelle. Le mois de décembre approchait de sa fin, il faisait un froid intense qui amenait de nombreux cas de congélation. Les troupes françaises et allemandes restaient sur leurs positions sans faire le moindre mouvement offensif, car la rigueur de la température ne permettait aucune action militaire. Il n'avait pas même été possible d'enlever les morts tombés aux engagements des jours précédents, et, dans plusieurs endroits, ces corps rigides, soutenus les uns par les autres, semblaient se tenir debout, prêts à combattre encore.

Dès qu'il eut dîné, Jean, prétextant un malaise subit, monta dans le cabinet où il couchait. Mais il redescendit presque aussitôt, après avoir pris des vêtements capables de le préserver du froid ; et, l'air soucieux, le cœur battant, marcha d'un pas rapide dans la direction du pont de Sèvres.

Jean était leste, habitué à courir. Il arriva au but de son voyage bien avant onze heures, et, ralentissant alors le pas, traversa le pont, non sans jeter un regard épouvanté vers les cadavres amoncelés, dont nous venons de parler. Un lugubre silence régnait aux alentours, et les habitants du pays, renfermés dans leurs demeures, ne s'aventuraient point à affronter ce froid terrible.

Jean s'avisa que l'homme venant de Paris ne s'arrêterait sans doute pas sur le pont, mais le traverserait pour courir moins de risques d'être aperçu.

Revenant alors sur ses pas, il s'embusqua au bout du pont, dissimulé dans l'ombre projetée par le parapet, et non loin de l'endroit où des soldats français, morts au champ d'honneur, semblaient lui donner l'exemple du patriotisme.

Il n'eut pas longtemps à attendre. Deux hommes, couverts de manteaux dont le capuchon était relevé sur leur tête, se croisèrent rapidement à deux pas de lui.

— Une belle nuit! dit l'un en allemand.

— Bonsoir, répondit l'autre dans la même langue.

Tous deux étendirent les mains, et Jean vit qu'ils échangeaient des sacs analogues à ceux employés par l'administration des postes pour transporter les dépêches. L'échange avait eu à peine la durée d'un éclair; mais, avant que les hommes eussent fait volte-face, Jean, son pistolet à la main, avait intrépidement bondi entre eux, en criant de toutes ses forces, quoique sa voix fût altérée par l'émotion :

— Vive la France !

Les deux Allemands, pris à l'improviste, ignorant le nombre de leurs assaillants et redoutant sans doute de risquer leurs dépêches dans les hasards d'une lutte, jouèrent des jambes sans demander leur reste, chacun d'eux reprenant, en sens contraire, la route qu'il avait parcourue pour venir.

Celui qui allait vers Paris fut à dix pas en moins de temps qu'il n'en faut pour le dire, mais l'homme qui retournait à Versailles glissa, et, tombant à la renverse, alla frapper de la tête contre une grosse pierre, en laissant échapper le sac de dépêches.

Jean s'en saisit aussitôt ; mais au même instant une main de fer, lui serrant le poignet comme dans un étau, le força de lâcher prise.

C'était le second complice qui, en voyant tomber son camarade, s'était hâté de revenir sur ses pas pour sauver les dépêches. Dès qu'il les eut, il s'éloigna le plus vite possible, sans se préoccuper du malheureux qui gisait sur le sol glacé et paraissait sans connaissance.

Tout ceci s'était passé en quelques secondes. Jean demeura un instant paralysé par la douleur qu'il ressentait au bras gauche, tordu par le colosse qui l'avait assailli. Des pas, qu'il entendit sur la route de Versailles le rappelèrent à lui. Redoutant d'être trouvé par des Allemands auprès d'un des leurs blessé, mort peut-être, il se hâta d'abord de se dissimuler dans l'ombre, puis de regagner, par un détour, la route, à une assez grande distance du

7

pont pour que les gens qu'il rencontrait ne pussent le soupçonner d'avoir pris part à ce qui était arrivé.

Le 1ᵉʳ janvier approchait, le bombardement de Paris avait commencé, et les soldats prussiens se plaisaient à répéter aux femmes, aux enfants qu'ils rencontraient :

— Parise broûle ! eh ! dites ! Parise broûle ! Fous comprendre ?

Puis ils riaient à gorge déployée de leur sinistre facétie. Lorsque Jean les entendait, il blémissait de rage, et, dans son indignation, les traitait de lâches !

Eux riaient de plus belle, et s'en allaient, près des abreuvoirs, au bout de la rue Saint-Martin, offrir, aux acheteurs de bonne volonté, de leur vendre, pour des sommes dérisoires, les bijoux et autres objets, fruits de leurs pillages.

L'enfant souffrait beaucoup de son bras. Il se rendit à Saint-Germain pour le montrer au chirurgien, et, en même temps, apporta à Odile une poupée.

— Tiens ! petite sœur, lui dit-il, voilà tes étrennes !

— Oh ! qu'elle est jolie ! s'écria la petite. Mais tu sais, ajouta-t-elle, je vais la déshabiller pour lui donner le costume d'Alsace. Je natterai ses beaux cheveux blonds et je lui mettrai un nœud tricolore !

— Mets-lui un nœud noir, fillette; dit son oncle en soupirant. Notre pauvre Alsace est bien malade, et ses enfants n'ont pas le cœur gai.

— Et voilà pour vous, mère ! reprit Jean, triomphant, mettant deux pièces d'or dans la main de Louise.

— D'où as-tu cet argent? fit-elle d'un ton sévère. As-tu si bien servi les Prussiens? As-tu reçu leurs cadeaux?

— Non, mère ! répliqua l'enfant, rouge de honte à cette

supposition qu'il aurait pu bassement tendre la main aux ennemis de son pays. L'argent que je te donne est honnêtement gagné, et m'a été donné par des Français !

— A la bonne heure ! Mais tu es blessé, mon cher petit ? Que t'est-il arrivé ?

— Un accident... peu de chose... fit Jean rougissant de plus belle. Je crois que je me suis foulé le poignet, et je viens prier le docteur de regarder ce que c'est.

— Tu es blessé, tu t'es battu, n'est-ce pas ? dit Fritz l'emmenant à l'écart.

— Non, frère ; je ne me suis pas servi de ton pistolet, et la preuve c'est que le voilà avec toutes tes munitions.

— Alors, comment as-tu été blessé ?

— Ça, c'est mon secret, répondit Jean.

Le chirurgien, après avoir examiné son bras, lui dit qu'il devait rester à l'ambulance pendant quelques jours afin de recevoir les soins nécessaires.

Ce fut pour tous un moment de joie au milieu de leurs tristesses et de leurs inquiétudes, que de se trouver réunis. Odile surtout accaparait son frère Jean, qui la menait faire des promenades dans la ville. Ce dernier était souvent forcé de l'exhorter à la prudence, car la mignonne, complètement revenue de la crainte que lui inspiraient jadis les Allemands, et aguerrie par les récits, quelquefois un peu fantaisistes, entendus à l'ambulance, aurait, si on l'eût laissé faire, exprimé sans la moindre gêne la mauvaise opinion qu'elle avait d'eux.

Le capitaine Durand, enfin rétabli, quoiqu'il n'eût pas encore bien repris ses forces, allait et venait maintenant, tantôt appuyé sur sa canne, tantôt sur le bras de Jean ou de Fritz, qui, guéri, devait cependant rester boiteux toute

sa vie, ce qui le désespérait, en le rendant impropre au
service militaire.

L'officier s'était sincèrement attaché à cette brave famille, si honnête, si sincèrement française, dont tous les
membres — y compris la petite Odile — avaient pour la
patrie cet attachement passionné qui engendre les grands
dévouements.

Il compatissait à leur inquiétude et s'efforçait de les
rassurer. Lui-même tremblait pour les jours d'un frère,
beaucoup plus jeune que lui, qu'il avait élevé, et qu'il
aimait comme s'il eût été son père.

Or un matin, tandis que Jean et Fritz aidaient les chirurgiens à panser les blessés récemment arrivés, pendant
qu'Odile et son oncle, assis près d'une table, roulaient
des bandes de toile, le capitaine, très ému, arriva, tenant
à la main une lettre, et s'assit près de Joseph Muller.

— J'ai des nouvelles de mon frère Henri! dit-il; il était
à Metz lors de la reddition de la place, et il est maintenant prisonnier en Allemagne.

— Enfin! Il est heureusement sain et sauf, et vous
voici rassuré, mon capitaine?

— Le pauvre enfant a vu la mort de près. S'il y a
échappé, il le doit à un brave garçon qui a failli payer de
sa vie son acte de dévouement. Les Allemands, battus au
commencement d'octobre, au deuxième combat de La-
donchamps (sous Metz), fuyaient, poursuivis par les
nôtres, non sans leur envoyer des projectiles qui, heureusement, atteignaient peu de monde.

Or, une de ces balles, tirées au hasard, vint frapper à
la tête mon frère, qui tomba. Il allait être foulé aux pieds
quand un soldat, le prenant à bras-le-corps l'entraîna

Quand un nouveau coup de feu l'atteignit à son tour au côté gauche de la poitrine.

hors du passage des troupes, sur la lisière d'un bois longeant la route.

Après l'avoir appuyé contre un tronc d'arbre, il se redressait, quand un nouveau coup de fusil, tiré par un des fuyards, l'atteignit à son tour au côté gauche de la poitrine, lui brisant la clavicule, et le fit tomber auprès de mon frère.

— Brave garçon! dit Joseph Muller, partageant l'émotion du capitaine.

— Oui, brave garçon! reprit celui-ci, et je n'oublierai jamais qu'il m'a conservé mon cher Henri! Voulez-vous que je vous dise son nom? ajouta-t-il, regardant fixement son interlocuteur?

— Je le veux bien; les noms des braves gens sont toujours bons à connaître.

— Eh! bien, fit le capitaine lentement, il s'appelle... Jacques Muller!

L'ancien fermier se leva d'un mouvement si brusque qu'il faillit renverser la table.

— Vous dites? questionna-t-il d'une voix étranglée.

— Je dis que votre fils a sauvé la vie à mon frère; et que, la reconnaissance s'ajoutant à l'estime que j'avais déjà pour vous et pour votre famille, vous pouvez désormais me considérer comme le plus dévoué de vos amis! dit le capitaine, prenant la main de Joseph Muller, qui tremblait de tous ses membres.

— Mon fils! mon cher garçon! répétait le pauvre père, essayant vainement de dominer l'émotion qui emplissait ses yeux de larmes. Vous savez, mon capitaine, il est Alsacien, celui-là! Nous étions à Obernai quand il

est venu au monde, et le nom de mon premier-né est
inscrit au pays, sur les registres de l'état-civil! Mais,
sans vous commander, mon capitaine, où est-ce qu'il
est maintenant, mon Jacques? Est-ce qu'on vous le
marque sur la lettre?

— Hélas! non. Mais au moment de la reddition de
Metz, tous deux étaient guéris de leurs blessures, peu
dangereuses à ce que dit mon frère. Prisonniers l'un et
l'autre, ils ont été envoyés dans des directions différentes, et Henri exprime le regret de ne pas savoir ce
qu'est devenu votre garçon. Enfin, c'est déjà quelque
chose de savoir qu'il est vivant.

Muller allait chercher les autres membres de la famille pour leur apprendre cette bonne nouvelle; mais
Odile l'avait devancé, et les deux sœurs, bientôt suivies
de Jean et de Fritz, arrivaient, le visage rayonnant, demandant plus de détails qu'il n'était au pouvoir du capitaine de leur en donner.

— Si nous pouvions avoir aussi des nouvelles de
votre père! disait à ses enfants Louise, qui, tout en partageant du fond du cœur la joie de sa sœur et de son
beau-frère, ne pouvait s'empêcher de faire un retour sur
elle-même, en se demandant s'il ne lui serait pas permis d'être, à son tour, rassurée sur le compte de Michel.

Le bras de Jean demandait des soins. Le chirurgien
en chef, qui l'avait pris en amitié et qui appréciait
les services rendus à l'ambulance par Denise et par
Louise, ne lui permit pas de retourner à Versailles. Sa
présence, d'ailleurs, n'y avait plus de raison d'être,
puisqu'on savait maintenant ce que Jacques et André

étaient devenus, et qu'on avait tout lieu de penser que
Michel Muller — s'il vivait encore — avait été, lui aussi,
envoyé en Allemagne comme prisonnier de guerre,
après la reddition de Sedan.

CHAPITRE XI

**Fin de la guerre. — Rentrée à la ferme. — Retour
de Michel Muller.**

A tous les points de vue, il était préférable que Jean
ne retournât point à Versailles. D'abord, l'aventure arrivée au messager du pont de Sèvres pouvait avoir
éveillé les soupçons des deux officiers prussiens qui
s'étaient entretenus devant l'enfant de cet échange de
correspondances. Ensuite, les événements qui se préparaient, et qui portaient au comble l'orgueilleux enthousiasme de nos ennemis, auraient pu, en surexcitant
encore les sentiments patriotiques de Jean, l'entraîner à
commettre quelque nouvelle et inutile imprudence.

Il ne s'agissait de rien moins que de la reconnaissance

à Versailles du roi Guillaume comme empereur d'Allemagne.

C'était une blessure de plus infligée par la lourde main allemande au cœur de la France.

Il est vrai que, le lendemain des réjouissances pantagruéliques occasionnées par cette solennité, les habitants de Versailles eurent un moment d'espoir qui ranima tous les cœurs.

Le 19 janvier, ils virent leurs ennemis, si fiers encore la veille, donner des signes manifestes de la plus vive agitation. On vit les équipages impériaux se diriger en toute hâte vers Satory; les lourdes voitures chargées de butin suivirent la même route. Des soldats en armes furent échelonnés dans les principales rues à vingt pas les uns des autres. La cavalerie passa la nuit sur les avenues, prête à se mettre en selle à la première alerte. Les habitants, consignés dans leurs demeures, s'efforçaient d'échapper à l'incessante surveillance des Prussiens, afin d'apprendre ce qui se passait. On disait que les troupes de Paris avaient fait une grande sortie, sur Buzenval, Garches et Montretout; que les Allemands étaient en pleine déroute et que le chemin était déblayé de Paris à Versailles. Des bandes de soldats allemands, noirs de poudre et de fumée, éreintés, dépenaillés, aperçus par nombre d'habitants, semblaient confirmer ces on dit.

Dans beaucoup de maisons, on préparait des vivres et du vin pour fêter nos soldats à leur entrée triomphante dans la ville. On croyait déjà la victoire assurée; on se voyait délivré de l'odieuse présence de l'ennemi!

Aussi, le lendemain, la consternation fut générale

quand on vit les Allemands, rassurés, reprendre leurs habitudes journalières, et quand on apprit que les Français s'étaient repliés sur Paris!

C'était, hélas! le dernier effort de la défense.

C'était, hélas! le dernier effort de la défense! Il fut suivi d'un armistice de deux jours.

Les faits qui signalèrent la fin de cette malheureuse guerre sont du domaine de l'histoire et nous entraîneraient hors du cadre de ce récit. Aux horreurs de la lutte contre l'étranger succédèrent celles de la guerre civile. Puis la France dut supporter encore la présence sur son territoire d'une partie de l'armée allemande jusqu'à ce qu'elle eût acquitté la somme exorbitante exigée pour sa rançon, en plus de l'Alsace et de la Lorraine.

Joseph Muller et sa femme, Louise et ses trois enfants, dont Fritz, l'aîné, devait rester infirme, rentrèrent, dès qu'ils le purent, dans la ferme dévastée, pillée par les Prussiens. A peine purent-ils trouver à s'y abriter. Les meubles, les vêtements, tout ce qui avait quelque valeur avait été enlevé, et ce qui n'avait pas tenté la cupidité des envahisseurs avait été détruit ou souillé par eux, sous l'impulsion d'une haine stupide, sans autre motif que le plaisir de nuire.

Joseph, aidé par ses neveux, se mit courageusement à l'œuvre afin de réparer du moins une partie des dégâts, tandis que les deux femmes et Odile s'efforçaient de remettre un peu d'ordre dans l'intérieur, maintenant misérable, de cette habitation où, jadis, tout respirait l'aisance et le bien-être.

On était toujours sans nouvelles de Michel et de Jacques. Le capitaine Durand, qui, guéri de ses blessures, avait repris son service, était en garnison à Paris. Mais il n'oubliait point ses amis, et, en faisant des démarches pour obtenir le rapatriement de son frère Henri, il s'occupait aussi du fils et du frère de Joseph Muller. Malheureusement tous ses efforts étaient jusqu'alors restés inutiles.

Quand il pouvait disposer d'une demi-journée pour la passer avec eux, il s'efforçait de les rassurer. Parfois son frère Henri l'accompagnait et racontait de nouveau à Joseph et à Denise le dévouement avec lequel Jacques avait risqué sa vie pour le sauver d'une mort certaine.

— Quel brave cœur! quel vrai Français! ne cessait-il de leur répéter.

— Savez-vous, leur dit-il un jour, que, lors de la reddition de Metz, notre drapeau, celui pour lequel Jacques et moi nous avions combattu, n'a point été livré aux Prussiens avec les autres? En apprenant qu'il allait falloir subir cet outrage de remettre à l'ennemi ce cher lambeau d'étoffe qui symbolisait pour nous l'honneur du pays, nous avons tous perdu la tête, et beaucoup d'entre nous — moi, tout le premier — songeaient à « se faire sauter le caisson », comme nous disions. Or, au moment de la remise des drapeaux aux Prussiens... le nôtre avait disparu! Dans le trouble et le désordre sans nom causés par la reddition de la place, le mystère de cette disparition ne fut pas éclairci. Mais j'ai toujours soupçonné Jacques de n'y avoir pas été étranger. Dans tous les combats, dans tous les engagements auxquels il avait pris part, il s'était distingué par une intrépidité calme, si je puis m'exprimer ainsi, qui lui laissait toute sa présence d'esprit et faisait de lui un adversaire redoutable. Ses chefs l'avaient remarqué, et il a été plusieurs fois porté à l'ordre du jour.

Jean et Fritz s'animaient en écoutant Henri Durand parler ainsi de leur cousin. Puis Fritz, soudain attristé par la pensée de son infirmité, murmurait :

— Je ne serai jamais porté à l'ordre du jour, moi !

— Il y a plus d'une manière d'être utile à son pays, lui disait alors le capitaine. Vous pouvez, sans être soldat, rendre à la patrie d'importants services, qui vous mériteront l'estime et la reconnaissance de vos concitoyens.

— Et puis, reprenait Jean, dont la physionomie, habituellement placide s'animait soudain, et puis, sois tranquille, frère, je me battrai pour deux ! Et si je suis jamais porté à l'ordre du jour, ce sera pour ton compte autant que pour le mien !

Vers la fin de juin, la ferme de Joseph Muller avait repris, sinon son riant aspect d'autrefois, du moins une apparence moins lugubre qu'après le départ des Prussiens. Les troupes allemandes avaient presque complètement évacué le territoire français ; les habitants de la campagne, se remettant peu à peu à leurs occupations, préparaient les travaux de la saison prochaine.

Jean se rendait chaque jour à l'école. L'instituteur, charmé de sa bonne volonté, lui donnait des soins tout particuliers pour le mettre à même de concourir avec les autres garçons de son âge, car le pauvre enfant était moins instruit que la plupart d'entre eux. Quant à Odile, elle avait repris la confection de ses petits drapeaux tricolores ; elle en accrochait aux fenêtres, tandis que Fritz, après avoir réparé le treillage appliqué au mur, soignait les plantes, qui, au printemps suivant, le couvriraient de leur fraîche verdure.

Odile, trop jeune pour bien comprendre la gravité de la terrible crise que la France venait de traverser, avait repris sa gaieté, et, tout en fredonnant les refrains appris à Obernai, elle disait à sa mère et à sa tante :

— Vous verrez! Nous ferons ici une petite Alsace! Et ce sera mieux que là-bas, puisque nous y serons tous ensemble!

— Tous! répétait tristement Louise. Et ton père, Odile? l'as-tu donc oublié?

— Oh! non; mais il va bientôt revenir, puisque tous les Français qui sont en Allemagne reviennent maintenant! C'est l'oncle qui l'a dit!

Denise aussi se demandait si l'on reverrait jamais Jacques, et la pensée des deux absents empêchait les autres membres de la famille de jouir du bonheur d'être ensemble.

Pour André, il était sain et sauf. Il obtint même une fois la permission de venir voir sa famille, et Denise, toute fière, remarqua d'abord ses galons de caporal.

— Comme mon frère! dit André.

— Mais tu les as gagnés plus vite, observa Joseph. Il est vrai qu'en temps de guerre tout va plus vite, ajouta-t-il avec une sorte de remords d'avoir paru diminuer le mérite de son fils aîné.

Enfin, un jour, Michel revint. Ce fut, pour ceux qui craignaient d'avoir à pleurer sa mort, un moment de joie indicible. Cependant cette joie n'amena pas l'explosion de gaieté à laquelle on aurait pu s'attendre, car, non seulement Michel avait changé au point d'être presque méconnaissable, mais sa physionomie avait une expression de profonde tristesse, d'abattement, presque de honte, qui faisait peine à voir.

CHAPITRE XII

Héroïsme de Michel Muller. — Cruelle révélation.

On attribua d'abord la tristesse de Michel aux malheurs du pays, au regret de renoncer à sa petite ferme d'Obernai, de savoir sa chère Alsace, le berceau de sa famille, la terre où reposaient ses parents, aux mains de l'étranger.

Mais cette douleur, que partageaient tous les siens, n'expliquait pas les bizarreries qu'offrait maintenant son caractère, jadis d'une humeur si égale. Elle ne pouvait expliquer les réticences qui souvent lui faisaient jeter un mot amer, presque désespéré, au cours d'un entretien amical, ou qui, d'autres fois, l'arrêtaient court au milieu d'une phrase commencée, comme s'il eût redouté de trahir quelque terrible secret.

En observant ces symptômes inquiétants, Louise était prise d'une terreur qu'elle n'osait avouer ni à sa sœur ni

8

à son beau-frère. Elle craignait que les événements auxquels il avait pris part, et les blessures graves qu'il avait
reçues, n'eussent ébranlé la raison de son mari. De leur
côté, Joseph et Denise avaient la même pensée, qu'ils se
gardaient bien de lui communiquer afin de ne pas
l'effrayer.

Car, cette campagne, où Michel Muller avait accompli
des traits de véritable héroïsme, avait été pour lui semée
de tant de périls qu'on était tenté de se demander par
quel prodige il avait échappé à la mort.

Au commencement du mois d'août, le général Douay
soutenait avec cinq mille hommes le choc de quarante
mille Allemands. A Wissembourg, Ducrot et Mac-Mahon
ne pouvaient lui venir en aide parce que ses troupes,
trop peu nombreuses relativement à celles de l'ennemi,
se trouvaient forcément éparpillées. Michel Muller fut
chargé à diverses reprises de la mission de confiance,
aussi difficile que périlleuse, de transmettre des messages
d'un corps d'armée à l'autre, presque sous le feu des
Allemands.

Une fois, il fut blessé au bras. Une autre fois, son
cheval, grièvement atteint, l'amena pourtant jusqu'à son
but, mais là s'abattit sur son cavalier, qui eut la jambe
démise.

Quoique souffrant horriblement, Michel, après un
pansement sommaire, prit un nouveau cheval, et, porteur d'un message verbal, partit à fond de train pour
rejoindre son corps d'armée.

Il devait passer à portée de tir des sentinelles prus-
siennes, et comptait sur la vitesse de sa monture pour
leur échapper. Le cheval, comme s'il eût pressenti le

Presque au même moment, un troisième coup de feu l'atteignit en pleine poitrine.

danger, allait comme le vent. Néanmoins, Michel l'avait
moins en main que celui auquel il était habitué. De plus,
sa jambe, dont il souffrait de plus en plus, ne lui était
d'aucun secours. Un coup de fusil fut tiré sur lui sans
l'atteindre... Il excita son cheval, qui redoubla de vitesse.
Se voyant visé à la tête par un second Allemand, il éleva
involontairement le bras pour se garantir, et presque au
même instant, un troisième coup l'atteignit en pleine
poitrine. Il chancela sur sa selle ; mais, se cramponnant
à la crinière du cheval, tint bon encore pendant quelques
instants. Puis, ses forces s'épuisant, il relâcha son
étreinte, et, abandonnant les étriers, tomba évanoui sur
le sol. Les cavaliers allemands, qui s'étaient lancés à sa
poursuite (car la capture d'un porteur de dépêches était
chose importante), le relevèrent. Transporté à l'ambulance
allemande, il fut soigné, ranimé, et interrogé dès qu'on
le jugea en état de répondre. Son message étant verbal,
on n'avait rien trouvé sur lui ; et, ne pouvant en obtenir
aucune réponse, on l'envoya comme prisonnier en Allemagne, ce qui, dans l'état où il était, aurait dû l'achever
à bref délai.

Il guérit cependant, bien lentement, et en endurant
de véritables tortures physiques, auxquelles s'ajoutaient
les tortures morales causées par les nouvelles de nos
revers et par la joie triomphante des Allemands.

Ces terribles épreuves avaient-elles eu pour résultat
d'ébranler sa raison ? Était-il permis d'espérer que
l'affection des siens et l'existence paisible de la famille
ramèneraient le calme dans son esprit ?

Rien ne le faisait prévoir, car la misanthropie presque
farouche dont il donnait souvent des preuves semblait

augmenter plutôt que diminuer. Un jour, toute la famille — à l'exception de Jacques et d'André — était réunie dans la grande salle de la ferme. Odile, assise sur les
genoux de son père, s'efforçait de l'égayer par ses ca-
resses et son babillage enfantin.

— Si vous saviez, père, dit-elle, comme nous pensions
à vous! Oh! je suis contente que vous soyez revenu!
Vous aussi, n'est-ce pas, père, vous êtes content de voir
votre petite Odile?

— Oui, bien content! fit Michel qui l'embrassa en soupirant.

— Et tu peux être fier de tes garçons, dit Joseph, cherchant à faire vibrer chez son frère une corde sensible.
Tous deux se sont bravement conduits.

— Oui; oui, je sais! répondit Michel, dont l'esprit
semblait ailleurs.

— Les nôtres aussi se sont bravement conduits, intervint Denise, froissée dans son orgueil maternel que
ceci n'eût pas été dit par son beau-frère. Si seulement
Jacques était avec nous? Si du moins nous savions où
il est!

— Bah! dit Michel d'un ton singulier; mieux vaut
peut-être ne pas le savoir!

— Oh! fit Denise, tressaillant d'indignation, tandis que
Louise examinait la physionomie de son mari avec une
surprise inquiète.

— Michel! s'écria Joseph d'une voix tremblante. Que
dis-tu là? Est-il possible que tu ne partages pas notre
inquiétude sur le sort de notre enfant, que tu aimais, qui
est né au pays, à notre cher Obernai, où nous sommes
nés tous deux?

Ces derniers mots semblèrent impressionner vivement Michel. Il devint soudain très pâle, et passa à plusieurs reprises la main sur son front, comme pour éloigner une pensée pénible et obsédante.

— Réponds-moi, frère ! insista Joseph. Ne serais-tu pas heureux comme nous si Jacques était de retour ?

— Pourquoi en serais-je heureux ? répliqua Michel avec effort ; est-ce que lui-même se soucie de sa famille et de son pays ? Pourquoi ne l'oublierions-nous pas aussi ?

Les deux femmes pleuraient ; Jean et Fritz, consternés, regardaient leur père avec surprise. Odile, effrayée par l'expression de sa physionomie, quitta ses genoux et vint près de sa mère.

— Michel ! explique-toi ! dit Joseph, en posant la main sur l'épaule de son frère. Tu en as trop dit pour ne pas aller jusqu'au bout ! As-tu appris sur le compte de Jacques quelque chose que tu n'oses pas nous révéler ?

Michel baissa la tête sans répondre. Mais, se redressant tout-à-coup :

— Eh bien, oui ! dit-il avec force. Aussi bien il faudra toujours que tu le saches un jour ou l'autre, et je n'ai plus le courage de porter seul ce fardeau qui m'écrase !

Il s'arrêta, effrayé de ce qu'il allait dire. Tous l'écoutaient, haletants, sans oser l'interrompre.

— Vous me croyez fou ? reprit-il. Oh ! ne dites pas non ! je l'ai bien compris aux regards inquiets que vous fixiez sur moi ! Mais détrompez-vous ; j'ai toute ma raison. Seulement, je suis désespéré... et... vous le serez comme moi quand vous saurez la vérité !

Il s'arrêta de nouveau pour reprendre haleine ; et nul

n'osa rompre le silence lugubre, effrayant, qui suivit les paroles de Michel.

— Jacques, dit-il, baissant involontairement la voix, Jacques a déshonoré notre nom! Il a opté! Il est Allemand!

A ces mots, un cri d'indignation s'éleva, et de toutes les bouches sortit à la fois la même exclamation :

— Ce n'est pas vrai! ce n'est pas possible!

— Frère, dit Joseph, cherchant à se remettre de la secousse terrible qu'il venait d'éprouver, et parlant doucement avec l'intention évidente de ramener son frère à son bon sens. Frère, réfléchis à ce que tu viens de dire. Il ne faut pas soupçonner ton neveu sans preuves. Nous ignorons où il est, et tant que nous ne le saurons pas, nous devons espérer qu'il reviendra bientôt, digne de nous et de notre affection.

— Tu as raison, Joseph, répondit gravement Michel. Si j'accusais, sans être certain de ce que j'avance, ton fils aîné, mon préféré, celui qui est né dans la vieille demeure de nos parents, je serais fou, comme tu le supposes. Et, si je l'étais, ce serait moins cruel pour nous tous que la conduite de Jacques! Malheureusement, j'ai toute ma raison, et je suis désespéré, car, mes pauvres enfants, le doute est impossible. J'ai des preuves!

Rien, dans les paroles ni dans la physionomie de Michel, n'indiquait un trouble mental. Les hésitations, les réticences qui avaient tant inquiété sa famille n'existaient plus dans son langage. Il semblait avoir repris toute la fermeté de caractère qui le distinguait autrefois. C'était un homme profondément malheureux, mais nullement un aliéné.

Tous comprirent alors que ses apparentes bizarreries avaient pour cause le secret douloureux qu'il s'était, pendant longtemps, efforcé de garder ; et Joseph, frémissant de crainte à la pensée de ce qu'il allait apprendre, se laissa tomber sur un siège en disant d'une voix brisée :

— Parle, frère ; quelles sont ces preuves ?

— En rentrant en France, j'ai... passé... par... Obernai, reprit Michel, dont les yeux s'emplissaient de larmes à ce souvenir. Je vous ai dit dans quel triste état j'ai trouvé notre chère demeure. Tout a été dévasté, pillé, saccagé ! Il ne reste que les murailles ! Quand j'allai faire viser ma feuille de route, on vit que j'étais Alsacien et on me demanda si j'avais l'intention de devenir sujet allemand afin de pouvoir vivre dans mon pays natal. Comme bien vous pensez, je répondis non, et mon ton déplut sans doute à l'homme qui m'interrogeait. Il se mit à feuilleter des registres, puis me dit :

— Vous avez un fils au service ? Jacques Muller, né à Obernai ?

— C'est mon neveu, répondis-je un peu surpris.

— Ah ! fit l'homme d'un ton ironique ; son père vivait aussi à Obernai ?

— Non ; il y était à l'époque de la naissance de Jacques, mais il est depuis longtemps fixé près de Paris.

J'étais inquiet de toutes ces questions, et je ne pus m'empêcher de demander si on savait ce que Jacques était devenu.

— Il est devenu un bon Allemand ! me répondit-on en ricanant. Il n'a pas refusé d'opter, lui ! et il vous remplacera à Obernai. Vous devez être satisfait de penser que votre bien pourra rester à votre neveu, eh ?

Je restai un instant comme foudroyé; puis, perdant la
tête, je sautai à la gorge du Prussien en criant qu'il en
avait menti !

Aussitôt, plusieurs hommes s'emparèrent de moi; on
me maltraita et l'on me jeta en prison. Au bout de
quelques jours, je fus mis en liberté — par grâce spéciale,
me dit-on, et parce que mon neveu était un brave garçon. — Je croyais être le jouet d'un affreux cauchemar.
Je demandai pourtant s'il avait eu l'audace de demander
à venir voir sa famille? On me répondit qu'il n'y pensait
nullement, et que, après avoir passé à Obernai, il était allé
à Metz pour ses affaires. Voilà mes preuves, frère, conclut
tristement Michel. Dis toi-même si le doute est possible.

Joseph, atterré, ne trouva rien à répondre. Les femmes
pleuraient, et Odile, sans trop comprendre ce dont il s'a-
gissait, pleurait de voir tout le monde affligé. Fritz, pâle,
les poings crispés, semblait changé en statue. Jean s'a-
vança au milieu de la salle, et, la tête haute, les yeux
étincelants, s'écria résolument :

— Père! ne croyez pas ceci! Ce sont des menteries
inventées par les Allemands pour vous tourmenter!
Jacques n'est pas capable d'avoir... d'avoir fait ce qu'ils
ont dit !

Aux accents de cette jeune voix enthousiaste s'élevant
pour prendre la défense de l'absent, Joseph, accablé, re-
leva la tête comme si une faible lueur d'espoir eût soudain brillé à ses yeux. Denise, courant à l'enfant, l'embrassa avec effusion. Mais Michel, secouant la tête,
reprit :

— Moi aussi, j'ai voulu croire d'abord à un mensonge
inventé par méchanceté. Mais il est certain que Jacques

a passé à Obernai avant moi. Il aurait dû me précéder
ici; et il n'y est pas venu! Donc, il est vrai qu'il a été à
Metz pour ses « affaires » — quelles affaires? — au lieu de
rejoindre la famille qu'il aurait dû avoir hâte de retrouver.

— C'est juste! murmura Joseph, qui retomba dans
son accablement.

Dès lors, Joseph et Michel évitèrent de prononcer le
nom de Jacques.

Denise et sa sœur se cachaient pour parler de lui. Fritz
se montrait contre son cousin aussi animé que son père
et que son frère. Jean seul se refusait absolument à croire
que Jacques eût pu renoncer au titre de Français.

Quand, le rouge de la honte au front, Joseph Muller
répéta à Henri Durand, le frère du capitaine, ce qu'avait
dit son frère, le jeune homme bondit de colère :

— Accuser Jacques! s'écria-t-il, mais vous ne le con-
naissez donc pas, vous ses parents? C'est le garçon le
plus loyal, le patriote le plus ardent qui existe! Quoi! il
aurait cent fois risqué sa vie pour défendre le pays contre
les Allemands, et tout d'un coup il consentirait à devenir un des leurs! Est-ce que c'est possible?

— Mais pourquoi serait-il allé à Metz, au lieu de venir
ici? demanda Michel, un instant ébranlé par les chaudes
paroles du jeune officier.

— Eh! le sais-je? Qui prouve même qu'il soit allé à
Metz? S'ils vous ont menti — comme j'en suis certain —
pour la question de l'option, ils peuvent bien avoir
menti aussi pour le voyage à Metz.

— Alors il devrait être ici, riposta Fritz.

— Qui sait s'il n'est pas malade?... A moins que...

— A moins que quoi? monsieur Henri, demanda Jean,
voyant que le jeune homme s'interrompait.

— Rien, petit! Une folle idée qui m'avait traversé l'esprit. Mais ceci n'a pas le sens commun. Je ne puis expliquer le retard de Jacques à revenir près de vous.
Seulement, j'affirme qu'il n'a pas consenti, qu'il ne con-
sentira jamais à devenir Allemand; et qu'un de ces jours
nous le verrons arriver, vous apportant de sa conduite
une explication toute naturelle.

— S'il osait se présenter devant moi, je le maudirais!
s'écria Joseph avec emportement.

— Avant de le maudire, vous feriez bien, mon cher
ami, de l'interroger, fit observer le capitaine Durand.
Car le seul fait d'oser se présenter devant vous semble-
rait déjà être une preuve de son innocence.

CHAPITRE XIII

**La fête d'Odile. — Le revenant. — L'honneur du soldat.
Le drapeau français.**

Les visites du capitaine Durand, et surtout celles de
son frère, avaient habituellement pour effet de relever le
courage des habitants de la ferme. Joseph Muller, ainsi
que son frère et Fritz, osaient à peine sortir, s'imaginant
que, la défection de Jacques étant connue de tout le
monde, on devait les mépriser à cause de lui. Mais quand
ils entendaient Henri Durand exalter sa bravoure, son
patriotisme, sa noblesse de cœur, ils se prenaient à espérer que, en effet, l'Allemand d'Obernai avait menti, et
qu'un jour tout serait expliqué à l'honneur de Jacques.

Malheureusement, ces visites étaient rares. Dans
l'intervalle, Joseph et Michel en revenaient à conclure
de son absence indéfiniment prolongée qu'il n'osait pas
affronter la juste réprobation des siens.

Denise, elle, ne pouvait croire que son garçon fût cou-

pable; et elle témoignait à Jean un surcroît d'affection,
où se mêlait beaucoup de reconnaissance pour la foi
inébranlable qu'il avait dans l'honneur et dans le patriotisme de son cousin.

Vers la fin du mois d'août, on devait fêter l'anniver-
saire de la naissance d'Odile. André avait obtenu un
congé, et le capitaine avait promis de se joindre, ainsi
que son frère, à cette petite réunion de famille. Sans eux
elle aurait été plus attristée encore par le souvenir de
celui dont la pensée était sans cesse présente à tous les
cœurs, mais dont personne n'osait prononcer le nom
quand Henri Durand, son dévoué défenseur, ne brisait
pas la glace en parlant avec éloges de celui qui l'avait
sauvé.

Les deux hôtes attendus arrivèrent de bonne heure.

Tandis que Louise et Denise s'occupaient des préparatifs du repas, qu'Odile mettait le couvert, et que les fer-
miers faisaient, ainsi que Fritz, admirer aux visiteurs
les améliorations, résultant des travaux accomplis depuis leur dernier passage à la ferme, Jean, se trouvant
inoccupé, alla herboriser dans le bois. L'instituteur, qui
s'intéressait à l'enfant, lui avait donné quelques notions
de botanique, et Jean s'était pris d'une véritable passion
pour cette partie de l'histoire naturelle. Absorbé par la
recherche et l'étude de ses plantes, il marchait au hasard, sans trop regarder autour de lui, quand, en relevant la tête après avoir disséqué une fleurette, il se
trouva inopinément devant un soldat portant l'uniforme
français, et profondément endormi sur le sol.

Épuisé sans doute de fatigue, car ses chaussures et
ses vêtements couverts de poussière témoignaient de la

Il sommeillait paisiblement.

longue marche qu'il avait faite, celui-ci s'était installé le plus confortablement possible pour prendre un repos dont il devait avoir grand besoin.

Appuyé contre un gros tronc d'arbre, et son sac lui servant d'oreiller, il sommeillait paisiblement. Mais ses traits tirés, les rides qui sillonnaient son front, quoiqu'il parût à peine vingt-cinq ans, prouvaient que ni les souffrances ni les soucis ne lui avaient été épargnés.

Jean le contemplait avec une émotion croissante.

— Si c'était Jacques! pensait-il.

Mais Jean n'avait pas vu son cousin depuis plusieurs années. Lui-même était alors un tout petit enfant, et le souvenir qu'il avait gardé de Jacques était si vague qu'il lui était impossible de le reconnaître dans le soldat vieilli et fatigué qui était devant lui.

Pourtant, cette idée l'obsédait; il ne pouvait se résoudre à s'éloigner.

Le dormeur prononça en rêvant quelques paroles.

Jean écoutait, le cœur battant. Il lui semblait reconnaître la voix de son cousin.

Celui-ci parlait d'Obernai; il injuriait les envahisseurs.

— Vive la France! s'écria soudain l'enfant, cédant à une impulsion irrésistible.

Réveillé en sursaut, d'un bond le soldat fut debout.

Il examina un instant l'enfant, qui le regardait avec une expression à la fois risible et touchante, faite de joie et d'attendrissement.

— Jean Muller? fit-il, hésitant encore à reconnaître, dans ce beau garçonnet de onze ans, le bébé dont il avait gardé le souvenir.

— Cousin Jacques! s'écria Jean se jetant à son cou.

Dès que le premier moment d'effusion fut passé, Jacques demanda, anxieusement, si la famille était encore au complet, et, lorsque Jean l'eut mis brièvement au courant des principaux événements qui avaient eu lieu, il lui dit :

— Conduis-moi vite près d'eux, petit! Tu comprends combien j'ai hâte de les revoir!

Jean devint très rouge, et son hésitation fut si visible que son cousin la remarqua.

— Qu'y a-t-il? demanda le pauvre garçon, redoutant un malheur. M'as-tu caché quelque chose, Jean? On dirait que tu as peur!

— C'est que, balbutia Jean, qui ne savait pas mentir, c'est aujourd'hui la fête d'Odile...

— Ah! c'est vrai. Je n'y songeais pas! Eh! bien, ajouta gaiement le soldat, suis-je de trop pour fêter ma petite cousine?

— Non; mais il y a là le capitaine Durand et son frère, M. Henri... celui à qui tu as sauvé la vie.

— Il est là, mon officier? s'écria Jacques. Je vais donc avoir tous les bonheurs à la fois! Allons, vite, petit, assez causé!

— Attends un peu! murmura Jean, l'arrêtant.

— Attends? quoi?... Voyons, petit cousin, il y a quelque chose, n'est-ce pas? Qu'est-ce que c'est?

— Assieds-toi, je vais te le dire, fit Jean s'asseyant par terre à côté de lui. Mais d'abord, cousin,.. dit l'enfant avec une pénible hésitation, es-tu... es-tu... Français?

Jacques éclata de rire :

— Ah! ça, dérailles-tu, moutard? où est-ce de ta part

une gaminerie pour me faire poser? Ce n'est pas le moment, tu sais!

— Enfin, réponds-moi, je t'en prie; es-tu... Français? reprit Jean, d'un air si anxieux que son cousin, pris d'une sorte d'inquiétude, répondit:

— Certes, je suis Français, petit! tout comme toi! Natif d'Obernai, en France, département du Bas-Rhin!

— Alors... tu es... *toujours* Français?

— Toujours?... répéta le soldat devenu subitement grave. Qu'est-ce que ça signifie? Que veux-tu dire?

— Tu... n'a pas... opté?

— Ah! mais, dis-donc, petit cousin! fit Jacques sérieusement fâché, ne plaisantons pas avec ces choses-là! Tu n'es encore qu'un gamin, mais il faut que tu apprennes déjà que, dans la famille Muller, jamais personne, si ce n'est le petit Jean, ne pourrait même oser prononcer un pareil mot.

— Ah! cousin, que tu me fais de bien! s'écria l'enfant, se jetant de nouveau à son cou. Maintenant je vais tout te raconter, car il faut que tu sois prévenu.

Il lui apprit alors ce qu'on avait dit à son père à Obernai, le désespoir de toute la famille à cette nouvelle, et l'irritation de Joseph Muller, qui pouvait le pousser à maudire son fils aîné sans même le laisser s'expliquer.

Pendant qu'il parlait, le visage du soldat s'empourprait comme s'il eût été sur le point d'avoir une congestion, pour devenir, l'instant d'après, d'une pâleur livide. Jacques portait la main à son cou pour desserrer ses vêtements, comme si l'air lui eût manqué; il serrait les poings en murmurant:

— Les gredins! les misérables! les infâmes!

Quand Jean eut terminé, il ne fit aucune réflexion.

— Cette fois, dit-il, est-ce bien tout?

— Oui, dit l'enfant, saisi de l'expression de sa physionomie.

— Eh! bien, maintenant, allons!

D'un pas rapide, il se dirigea vers la ferme. La chaleur était forte, et, par les fenêtres ouvertes de la salle, on apercevait la famille réunie en attendant le moment de se mettre à table. Denise allait et venait, ayant l'œil à tout, et répondant au capitaine qui la complimentait sur le bon ordre de la maison.

Jacques écarta doucement l'enfant qui voulait le précéder, et, ouvrant la porte de la salle, parut sur le seuil.

Ce fut un vrai coup de théâtre!

La pauvre mère s'élança pour serrer dans ses bras le fils tant pleuré. Mais Joseph Muller l'arrêta. Il ne put empêcher cependant Henri Durand d'aller donner au nouveau-venu une cordiale poignée de main.

— Tout à l'heure, mère, dit Jacques, la tête haute, malgré sa pâleur et l'altération de sa voix. Tout à l'heure vous pourrez embrasser votre fils; mais en ce moment il vient ici en accusé, et il lui faut d'abord prouver qu'il est digne de vous!

— Bien dit, mon garçon! fit le capitaine, se hâtant de prendre la parole afin d'empêcher Joseph Muller d'accueillir son fils par quelque cruelle injure.

— Pourquoi osez-vous porter cet uniforme? dit pourtant le père.

— Parce que j'en ai le droit et le devoir! répliqua Jacques, attachant sur son père un regard où se lisait, avec un reproche muet, une si grande douleur que celui-ci en fut troublé!

— Je vois, se hâta de reprendre le capitaine, pressé d'abréger cette pénible scène, que vous savez ce que les Allemands d'Obernai ont dit à votre oncle. Expliquez-nous ce qui a pu donner à leur dire un air de vraisemblance, c'est-à-dire le motif de votre voyage à Metz, et celui qui vous a fait si longtemps différer votre retour dans votre famille.

Joseph et Michel épiaient anxieusement la physionomie du jeune homme. Avant même qu'il eût parlé, ils pressentaient que Jacques allait réfuter victorieusement l'accusation portée contre lui, et la détente de leurs visages, tout à l'heure rigides, indiquait que déjà le poids si lourd qui pesait sur leur cœur avait de beaucoup diminué.

André et Fritz, vivement impressionnés, n'osaient, par respect pour leur père, témoigner ouvertement leur sympathie à Jacques. Mais leurs regards semblaient l'encourager en lui exprimant le désir qu'ils avaient de se jeter dans ses bras.

Louise pressait la main de sa sœur, qui contemplait tristement les traits fatigués de son fils, et Odile embrassait sa tante pour la consoler.

Jean, debout à côté de Jacques, comme s'il se fût porté son répondant, attendait, plein de confiance, l'explication que son cousin allait donner, et Henri Durand souriait dans sa moustache, comme s'il eût à peu près deviné ce que dirait Jacques.

— Quand j'ai passé à Obernai, reprit le jeune homme, j'ai demandé un visa pour aller à Metz, où j'étais appelé

par un motif que je dirai tout à l'heure. On m'a fait
d'abord des difficultés. Puis, voyant que je suis né en
Alsace, on m'a demandé si j'avais l'intention d'opter
pour la nationalité allemande. Si je m'étais indigné, ils
ne m'auraient pas laissé aller à Metz, où je tenais absolument à passer quelques jours. J'ai répondu que je ne
pouvais rien décider avant d'y être allé; que là je réflé-
chirais et je prendrais une résolution « en rapport avec
ce que j'y aurais trouvé ». J'ai ainsi obtenu le visa que je
souhaitais, mais *eux* ont conclu de tout ceci que j'étais,
effectivement, décidé à changer de nationalité.

— Qu'aviez-vous de si important à faire à Metz? demanda brusquement Joseph Muller.

— C'est ce que je vais dire, répliqua Jacques, dont le
regard brilla d'un éclair d'orgueil, qui amena un sourire
de triomphe aux lèvres d'Henri Durand.

— Vous vous souvenez, reprit-il, s'adressant particu-
lièrement à ce dernier, de notre désespoir à tous quand
on nous dit que les armes et les drapeaux allaient être
livrés à l'ennemi? Il y en avait qui brisaient leurs armes
plutôt que de les rendre; d'autres pleuraient comme des
enfants. Moi, je songeais à notre drapeau, qui, plusieurs
fois, avait manqué d'être pris et qui n'avait été sauvé que
par la mort de plusieurs de nos camarades. C'est qu'il
avait vu le feu, notre drapeau! Il avait, lui aussi, des cica-
trices glorieuses qui disaient son histoire! Il était
troué par les balles, noirci par la fumée de la poudre;
un fragment avait disparu, brûlé par le feu de l'ennemi!... Et il fallait le livrer aux Allemands qui s'en fe-
raient un trophée! ce drapeau pour lequel chacun de
nous aurait, sans hésiter, donné son sang jusqu'à la

dernière goutte! Allons donc! Est-ce que c'était possible?

Jacques, en rappelant ce terrible souvenir, avait oublié et la présence de ses parents et l'accusation contre laquelle il devait se défendre. Un sanglot étouffé l'interrompit.

C'était Henri Durand, qui, incapable de maîtriser son émotion, couvrait son visage de ses mains et pleurait à chaudes larmes.

— Non! ce n'était pas possible! reprit Jacques d'un ton plus calme. Mais comment l'empêcher? C'était le lendemain que devait avoir lieu la remise des drapeaux; et les Allemands en savaient le compte (cinquante-trois!). Il n'y avait pas moyen d'essayer de faire disparaître le nôtre. Ce n'était pas la crainte du danger qui m'arrêtait. A ce moment-là, nous aurions tous regardé la mort comme un bienfait. Mais si ce vol avait été découvert, il aurait fallu retrouver le drapeau. Et quant à le détruire?... Non! je n'y ai jamais songé!... Nous avions pour cantinière la femme d'un de nos camarades, tailleur de son état. Elle put se procurer l'étoffe nécessaire à la confection d'un drapeau et le préparer dans la journée sans être aperçue. Le soir venu, après l'extinction des feux, je réussis, non sans risquer de me casser le cou et de me faire prendre, à me saisir de l'étui contenant notre drapeau et à le passer au camarade qui m'attendait. A la lueur d'une mauvaise lanterne, il parvint en peu de temps à remplacer l'ancien par le nouveau. Je pressai la chère relique à mes lèvres, et, après l'avoir en toute hâte passée à la femme qui était aux aguets, je recommençai ma course dans les ténèbres pour remettre l'étui où je

l'avais pris. Le lendemain, on s'aperçut bien de la substi-
tution. Tous, nous connaissions trop notre drapeau pour
nous y tromper! On fit une enquête rapide. Mais, au fond
du cœur, chacun soupçonnant à peu près la vérité, elle
n'amena aucun résultat.

— Je l'avais deviné! s'écria Henri Durand, tandis que
Joseph Muller tendait les bras à son fils.

— Attendez, père! je n'ai pas tout dit! continua
Jacques. Le camarade qui m'avait aidé était mort prisonnier en Allemagne. Il s'agissait de savoir ce que sa veuve,
restée à Metz, avait fait du drapeau. Voilà pourquoi je
tenais tant à m'y rendre. Mais la brave femme n'y était
plus. J'appris qu'elle s'était retirée à Borny, chez une de
ses sœurs. J'y allai. La veuve de mon camarade était
morte peu de jours après avoir appris le décès de son
mari. Seulement, elle avait confié à sa sœur, pour me le
remettre si je revenais jamais, un rouleau soigneusement cacheté. C'était notre drapeau!

D'une main fébrile Jacques défit son sac, et prit, tout
au fond, un paquet soigneusement enveloppé.

Tous, parents, amis, serviteurs qui s'étaient appro-
chés pendant la fin du récit, se tenaient debout, la tête
découverte, et attendaient, dans un silence ému, l'ap-
parition du glorieux trophée échappé aux serres allemandes.

Jacques enleva le linge dont il était entouré. Puis, avec
une lenteur solennelle, il déplia le lambeau d'étoffe, dont
les trois couleurs, ternies dans les combats, brillaient
d'un éclat éblouissant aux yeux de ces braves gens, si
vraiment dignes du nom de Français.

— C'est lui! je le reconnais! dit Henri Durand, presque

bas, comme s'il eût craint de troubler, par le son de sa
voix, l'impression saisissante ressentie par tous.

S'approchant, il prit un coin du drapeau que tenait
Jacques, et y posa respectueusement ses lèvres.

Tous ceux qui étaient présents, jusqu'à Odile, jusqu'au
dernier des garçons de ferme, vinrent tour à tour rendre
hommage au drapeau national sauvé par Jacques.

— Vive la France! cria d'une voix claire la petite Odile,
pendant que son cousin repliait avec soin le drapeau.

De toutes les poitrines, dans cette ferme un moment
occupée par l'ennemi, s'échappa, dans une clameur enthousiaste, ce cri:

— Vive la France!

CHAPITRE XIV

Apaisement. — Récompense.

Le drapeau rapporté par Jacques avait repris son an-
cienne place, et le caporal, complimenté par ses chefs,
devait, sous peu, rejoindre son régiment.

A la sollicitation du capitaine Durand, André, qui était
d'ailleurs admirablement noté, obtint de nouveau un
congé d'un jour, et, une fois encore, avant le départ de
Jacques, toute la famille fut réunie à la même table avec
le capitaine et son frère Henri.

Joseph, depuis qu'il était redevenu fier de son fils
aîné, avait rajeuni de dix ans, et Michel, quoiqu'il re-
grettât son cher Obernai, resté aux mains des Allemands,
reprenait courage depuis qu'il n'était plus obsédé par
l'idée que Jacques avait pu changer de nationalité.

— La ruine, on s'en relève, disait-il. L'essentiel, c'est que l'honneur soit sauf.

Parfois même on l'entendait fredonner les airs qu'il chantait autrefois. Ou, avec la paisible bonne humeur qui lui inspirait souvent une véritable philosophie, il consolait Fritz de l'infirmité qui l'empêchait d'être soldat. Il démontrait au jeune homme qu'il pouvait néanmoins prouver son dévouement au pays et lui rendre d'importants services.

Après les terribles épreuves subies, les membres de la famille Muller goûtaient plus vivement encore le bonheur d'être ensemble, unis comme ils l'étaient par l'affection la plus sincère.

Quand, par une de ces belles journées que la fin de l'automne tient parfois en réserve, comme un défi à la mauvaise saison qui nous menace de ses rigueurs, Henri Durand et son frère arrivèrent à la ferme, ils trouvèrent tous les visages souriants, exprimant, sinon le bonheur complet qui n'existe guère en ce monde, du moins la résignation qui peut souvent le remplacer.

Le repas fut gai, cordial, sans prétention, comme entre gens qui, se connaissant et s'estimant mutuellement, éprouvent une vive satisfaction à se trouver réunis.

Les causeries familières et amicales avaient pour tous un si grand charme que le dessert se prolongeait indéfiniment, interrompu par les récits du capitaine et de Michel, ou par les saillies des enfants, enhardis par l'attention bienveillante qu'on leur accordait.

— Moi ! dit tout-à-coup Jean, mon ambition ne serait

pas tant de devenir général, ni même capitaine, ajouta-
t-il, se tournant vers le capitaine, que d'avoir la croix
d'honneur! Oh! c'est beau! fit l'enfant avec une admi-
ration naïve, en désignant celle qui brillait sur la poitrine
de l'officier.

— Tu as raison! petit, dit le capitaine en souriant; et
j'approuve ton ambition. Je m'étonne seulement que ton
père n'en ait jamais eu une semblable. Vous avez pourtant, continua-t-il, s'adressant à Michel, assez bravement
payé de votre personne pour la mériter.

— Pourquoi donc? répondit simplement Muller. Ce que
j'ai fait, tout autre l'aurait fait de même à ma place.
Alors, on devrait donner la croix à tous nos soldats,
ajouta-t-il avec son bon et franc rire d'autrefois.

— Êtes-vous bien sûr, demanda le capitaine avec ma-
lice, que tel soit l'avis de vos chefs?

— Comment? Je ne comprends pas, dit Michel, surpris
du ton de son interlocuteur.

— Je vais donc m'expliquer plus clairement, mon
brave Muller, puisque votre modestie vous aveugle à ce
point sur votre propre compte. Cette récompense, si
bien méritée, mais que vous n'auriez jamais songé à solli-
citer, vos chefs l'ont demandée pour vous, et...

— Et?.. interrogea Michel, rougissant comme aurait
pu le faire son plus jeune fils.

— Ils l'ont obtenue, parbleu! C'était justice! Et moi,
j'ai obtenu la faveur de vous en remettre le brevet.

Le capitaine tendit à Michel la pièce officielle, que
celui-ci prit d'une main tremblante.

— Je... je ne peux pas lire! fit-il en s'essuyant les
yeux.

— Inutile pour le moment; vous lirez quand vous serez plus calme. Maintenant...

— Maintenant, dit Fritz rayonnant, c'est le cas ou jamais de répéter notre cri de ralliement : Vive la France!

— Un instant, jeune homme! un peu de patience. Tout viendra en son temps, fit le capitaine. Il s'agit maintenant d'attacher sur la poitrine de votre père cette croix d'honneur que mon ami Jean ambitionne à si juste titre.

Il tira de sa poche une petite boîte et en sortit une brillante croix de la Légion d'honneur qu'il tendit à Jacques, en lui disant :

— C'est à vous, *sergent* Muller, que revient l'honneur d'attacher l'étoile des braves sur la poitrine de votre oncle.

Michel Muller s'était levé, et, chancelant d'émotion, s'avançait.

— Non ! pas à moi, mon capitaine, reprit Jacques, c'est à vous seul qu'appartient cet honneur. Permettez-moi aussi de vous dire que vous faites erreur; ajouta-t-il en rougissant.

— Non, mon ami, répondit l'officier, heureux de contribuer à la joie de la famille. En vous assurant que vous allez recevoir la récompense que, vous aussi, vous avez si bien su mériter, je commets seulement une indiscrétion. Je suis, croyez-le, très bien informé. D'ailleurs, vous en aurez la nouvelle officielle avant deux jours. N'hésitez donc pas. Vous êtes digne de donner l'accolade à votre oncle, qui sera fier de recevoir la croix des mains d'un futur chevalier tel que vous, mon ami.

Jacques, alors, tremblant d'émotion, embrassa son oncle en lui attachant l'insigne de l'honneur.

Tous les convives se levèrent en applaudissant, et les gens de la ferme, attirés par le bruit, ne tardèrent pas, en voyant ce qui se passait, à joindre leurs applaudissements et leurs vivats à ceux de la famille.

— Entrez tous, nos amis ! cria Joseph ; vous allez boire avec nous à la santé de mon frère !

— C'est moi qui veux aller chercher du vin ! dit Jean, se levant vivement, et se rappelant la triste soirée où il avait été en chercher pour les Prussiens.

— Moi aussi ! cria Fritz l'imitant.

— Et moi donc ! reprit André.

Tous trois coururent, et les verres furent bientôt remplis.

— Maintenant, Fritz, dit le capitaine, c'est le moment ou jamais.

— Allons-y donc ! fit joyeusement Muller, levant son verre.

Et, cette fois encore, tous, d'une seule voix, crièrent :

— VIVE LA FRANCE !

FIN

TABLE DES MATIÈRES

Paris. — Imp. A. Picart et Kaan, 192, rue de Tolbiac. — 299. N. P.

PARIS. — IMPRIMERIE ALCIDE PICARD ET KAAN, 192, RUE DE TOLBIAC.

www.ingramcontent.com/pod-product-compliance
Lightning Source LLC
Chambersburg PA
CBHW070814250626
47170CB00006B/2097